AF220711

1

Jens Münchberger

Ria

Verlag Book on Demand Norderstedt

Jens Münchber[ger gebo]ren 1958, Dipl.-Bauingenieur. Während d[es Architekt]urstudiums Gasthörer an der Kunstakademi[e in D]resden. Arbeit als Bauingenieur. Gründung [eines Bü]ros für nachhaltiges Bauen. In den 1990-er [Jahren Erö]ffnung einer Galerie und verstärkte Hinwendung zur Malerei. Auch Holzarbeiten und Keramiken.

Veröffentlichung von Kurzgeschichten und der Romane „Meeresfahrt" und „Unter dem Atlantik" und „Die Insel im Atlantik" sowie der Erzählungen „Roter Feuerstein" und „Am Meer" und „Der Besuch" und „Am Meer".

Jens Münchberger lebt in Schleswig-Holstein.

Jens Münchberger

Ria

Die Handlung und alle Personen sind frei erfunden.
Ähnlichkeiten mit der Realität sind zufällig,
Manchmal jedoch beabsichtigt.

Der Verfasser

Bibliografische Information der Deutschen
Nationalbibliothek:

Die Deutsche Nationalbibliothek verzeichnet diese
Publikation in der Deutschen Nationalbibliografie.
Detaillierte bibliografische Daten sind im Internet unter
http://dnb.dnb.de zu erfahren.

Erste Auflage 2020

© Jens Münchberger 2020

Einbandgestaltung: BoD GmbH unter Verwendung
eines Aquarell des Autors

Herstellung und Verlag:
BoD – Book on Demand, Norderstedt

ISBN: 978 – 3 – 751937 - 26 - 9

www.bod.de

Für Ria...

1

„Ich wohnte damals mit Max zusammen.", Ria sah mich nachdenklich an.
So, als erinnerte sich sich ungern an das, was ihr seinerzeit widerfahren war. Dann sprach sie leise weiter:

„Stell dir vor, eines Tages komme ich nach Hause, also in meine Wohnung, in der wir lebten, und konnte bereits im Flur rhythmische Geräusche und leises Stöhnen hören. Geräusche, die da nichts zu suchen hatten..."

„Und dann?"

„Als ich die Zimmertür ein Stück geöffnet hatte, sah ich, Max war mit einer fremden Frau beschäftigt. Oder sie beschäftigte ihn. So genau war das nicht festzustellen. Jedenfalls bemerkten sie mich nicht..."

„Aha!"

„Ich sah nicht zu, ging sofort zu beiden, die so sehr miteinander zu tun hatten. Erst als ich mit der Hand kräftig auf Max' weißen und wippenden Hintern schlug und sagte, er wird jetzt sofort gehen und sein Betthäschen mitnehmen, bemerkten mich beide..."

„Die hätten wohl auch noch weitergemacht, wenn du daneben gestanden hättest!"

„Möglich! Weiß ich nicht! Und das wäre mir auch egal gewesen!"

„Und nun?"

„Beide hielten die Bettdecke vor sich und Max wollte mir irgendwas erklären, doch ich forderte ihn nochmal auf, dass er und die Liese, weiß ich, wie sie hieß, sofort gehen. Dann ging ich und ließ die Tür ins Schloss fallen."

Das und nicht mehr über das Aus ihrer Beziehung zu Max erzählte mir Ria an einem Abend im weinseligen Zustand. Kein weiteres böses Wort. Nichts abwertendes.

Ria sah mich noch einmal sehr nachdenklich an und nach einigen Augenblicken sagte sie noch:

„Max habe ich nicht wieder gesehen, nachdem er seine Sachen einige Tage später abgeholt hatte. Und seine Gespielin, so wurde mir dann berichtet, wurde später noch aus anderen Betten verwiesen!"

„So 'was wie 'ne Stadtnutte?"

„Mag sein!"

Ria stand auf und begann im Schein der flackernden Kerze zuerst ihre Hose und dann das weiße T-Shirt auszuziehen.

„Ich bleibe heute bei Dir!", erklärte sie und ging ins Schlafzimmer.

Bevor sie unter die Bettdecke kroch, zog sie noch ihre restlichen Kleidungsstücke aus. Viel war's nicht.

Für den Fall, dass ich Übernachtungsgäste beherbergte, hatte ich in einer Truhe Bett und Kopfkissen gelagert.

Im Wohnzimmer stand eine ausklappbare Couch. Die richtete ich, nachdem es sich Ria in meinem Bett bequem gemacht hatte, für mich her.

*

Ria und ich kannten uns eine Ewigkeit. Eigentlich schon immer. Ich hatte sie durch ihre Lieben und Affären mit verheirateten Männern und ledigen Junggesellen gebracht. Auch einem Heiratsschwindler war sie monatelang verfallen. Aber das ist eine andere Geschichte...

Und Ria war Zeugin meiner ernsthaften und auch der verfehlten Beziehungen. Sie kannte fast alle, bis auf einige wenige, meiner Bekanntschaften.

Wir wussten viel, wenn nicht manchmal alles voneinander.

Ria und ich hatten schon oft in einem Bett miteinander und nebeneinander gelegen. Und meinten irgendwann, dass passierte auch bei lange verheirateten Paaren sehr selten.

Aber eines haben wir nie getan: Uns den Freuden und Genüssen körperlicher Liebe hingegeben.

Entweder wollten wir das nicht oder konnten das nicht. Weil genau dann, wenn der Wille sein Einverständnis signalisiert hätte, die Voraussetzung zur Kopulation nicht zur Verfügung stand, ihre Bereitschaft verweigerte.

Zugegeben, Ria und ich hätten ohne Weiteres mehr als eine platonische Beziehung führen können. Für Leute, die das nicht wussten, waren wir allerdings auch so das Traumpaar.

Diese Leute waren dann dem Staunen vollends erlegen, wenn ihnen der Status unserer Beziehung erklärt wurde.

Ria und mich interessierte das sehr wenig, was andere Leute über uns dachten. Sie, die anderen Leute, ging das nichts an.

Andererseits hatten wir auch nie die Gelegenheit, unsere Beziehung anders zu gestalten. Denn wir waren nie zur gleichen Zeit frei füreinander.

Es gab zwischen Ria und mir die unausgesprochene Regel, dass sich beim anderen nicht dazwischen gedrängelt wird. Nicht dann, wenn einer von uns anderweitig liiert war...

Die Couch im Wohnzimmer war, ausgeklappt, ein breites Bett. Allerdings mit dem Nachteil, dass der ausgeklappte Teil ohne Abstützung über dem Fußboden schwebte.
Mann oder Frau, aber auch Mann und Frau sollten also darauf bedacht sein, nicht über die Abstützungen hinaus zu rutschen. Jedenfalls nicht allzu viel.
Und, dass sei an dieser Stelle erwähnt, es war mehr als einmal vorgekommen, dass ich, zusammen mit Bettbegleitung, auf meiner Couch im Wohnzimmer in die Schieflage kam. Weil wir uns über die Abstützung hinaus bewegt hatten...

Allerdings, auch die nicht ausgeklappte Variante hielt für den einzelnen Schläfer genügend Platz bereit. Da es allerdings mehr als wahrscheinlich war, dass Ria bald mit ihrem Bettzeug kommen würde und dann forderte „Rücke 'mal 'n Stück!", hatte ich vorsorglich für diese Nacht die große Variante der Couch im

Wohnzimmer aufgebaut.

Und, ich sollte mich weder geirrt noch getäuscht haben! Keine zwei Stunden nach dem Bettgang stand Ria vor meinem Bett und sagte:

„Mir ist kalt!"

Weil Ria um die Schwierigkeiten beim gemeinsamen ruhen auf dieser Couch wusste, warf sie, ohne eine Antwort abzuwarten, ihre Bettdecke und das Kopfkissen auf die Wandseite, kletterte über mich und rollte sich dann ein, um wie ein Kätzchen weiter zu schlafen.

Bis zum verregneten Morgen mitten im Hochsommer...

Als der Regen begonnen hatte, etwa um vier Uhr, hatte ich das Fenster geschlossen. Bisher war es weit geöffnet.

Dann deckte ich Ria wieder zu und legte mich neben sie. Was sie mir mit einem zustimmenden, aber nicht genauer zu erkennenden Irgendwas-Sagen bestätigte.

Wie meistens, wachte Ria zuerst auf und begann, mich zu beobachten. Ich spürte das im Halbschlaf, wie sie, aufgestützt auf einen ihrer Ellenbogen, mich betrachtete.

Ich liebte diese Zeit des Aufwachens und versuchte, diesen Zustand möglichst lange zu erhalten.

Aber irgendwann öffnete ich die Augen und sah Ria an und die sagte:

„Ich muss doch verrückt sein! Hier neben solch einem Prachtexemplar von Mann zu liegen und nicht anzugreifen!"

„Habe ich auch schon öfter gedacht!", antwortete ich.

Ria kletterte über mich, nahm ihre Bettdecke und ging zum Fenster. Dann fragte sie mich:

„Und was machen wir jetzt?"

„Entweder aufstehen und den Tag beginnen oder liegenbleiben und warten, was passiert!"

„Also liegen bleiben!", entschied Ria.

Ria war eine attraktive Frau. Groß, nur wenige Zentimeter, eine halbe Handbreit vielleicht, kleiner als ich. Was für sie das Tragen von Stilettos in meiner Gegenwart nahezu unmöglich machte.

Die Frau hatte kleiner als der Mann zu sein. Das meinte Ria ebenfalls.

Und sie war schlank, aber nicht dürr.

„Trotzdem kein Gardemaß!", hatte sie mir 'mal erklärt.

Ria stand, noch immer mit ihrer Bettdecke behängt, am Fenster. Und ich wusste genau, sie überlegte das Eine und auch das Andere.

Darüber würde sie mir, da war ich mir sehr sicher, irgendwann berichten.

Dann drehte sie sich um, raffte die Bettdecke und kam zu mir. Sie warf die Bettdecke auf's Bett und kletterte dann über mich hinweg auf die Wandseite, kuschelte sich ein und kam dicht an mich heran. Ria legte sich auf meinen Arm und meinte:

„So ist's gut und schön!"

„Ja!", antwortete ich. Und das war nicht gelogen.

Heute weiß ich nicht mehr, was wir an diesem Morgen noch besprochen hatten. Und auch nicht, ob wir überhaupt 'was beredeten.

Aber nach einigem Hin und mehreren Her meinte Ria, sie würde jetzt in's Bad gehen und fragte:

„Ich bekomme wieder ein Hemd von dir?"

„Ja! Sicher! Du weißt, woher?"

„Ja!"

Ich beseitigte die Spuren unserer Nachtsitzung und als Ria aus dem Bad kam und mir einen guten Morgen wünschte, spürte ich die Frische und den Duft nach Weib.

2

Nordöstlich der Stadt befanden sich mehrere Seen. Einige nur wenig größer als ein Dorfteich. Andere wiederum waren mit einem Ruderboot in ungefähr einer Stunde zu überqueren.

In diesen Seen in einem Endmoränenbogen hatte sich das Schmelzwasser der abtauenden Gletscher am Ende der letzten Eiszeit gesammelt.

*

Früher, als die Stadt kleiner, sehr viel kleiner war als heute und ein verträumtes Provinznest, befanden sich die Seen weit außerhalb der Stadtmauern. Symbolisch gesehen.

Am Ufer eines der größten Seen hatte jemand ein Ausflugslokal betrieben. Neben dem Eingang hing ein Schild, das verkündete, Familien könnten hier Kaffee kochen.

Wovon an Sonntagen reichlich Gebrauch gemacht wurde.

Man brachte „guten Bohnenkaffee" mit, gemahlen und in einer Büchse luftdicht transportiert. Und wer vergessen hatte, den Kaffee zu mahlen, konnte das auch hier tun.

Gegen Entgelt, versteht sich.

Denn eine Kaffeemühle hatte Anschaffungskosten verursacht und musste irgendwann ersetzt werden.

Ebenfalls gegen Gebühr wurde eine Kanne ausgegeben, aus der heißes Wasser, vorher bezahlt, auf das Kaffeepulver gegossen wurde. Der Kaffee wurde also gebrüht.

Sagte noch meine Oma später, als sie mir ihre ersten Ehejahre mit „unse Rudi", das war mein Großvater, erklärte.

*

Später, nach dem letzten großen Krieg, als das Land marktwirtschaftlich und sozial gestaltet wurde, begannen Stadtplaner damit, die Seen und die sie umgebende Landschaft in die Expansion der Stadt einzubeziehen.

So entstanden außerhalb des Stadtzentrums und inmitten der nunmehr gestalteten Natur Wohnsiedlungen.

Während einiger Jahre, vielleicht waren es neun oder zehn, errichtete man Wohnhäuser.

Und in den dann folgenden zwei oder drei

Jahren kamen Gärtner und gestalteten Freiflächen und Zwischenräume.

An den Ufern einiger der größeren Seen waren Promenaden angelegt. Das gefiel besonders älteren Leuten.

Außerdem gönnten an Nachmittagen Mütter ihren Kleinen hier den Aufenthalt im Freien.

(Bereits jetzt sei bemerkt, dass Ria bei unseren gelegentlichen Spaziergängen auf einer der Promenaden die Frauen mit ihren Kindern beobachtete. Ich meinte bereits damals, manche diese Begegnungen waren für sie emotional sehr bedeutend.)

Wiederum andere Uferbereiche waren mit Sand, angefahren aus nahe gelegenen Gruben, als Strand hergerichtet worden.

Die „Stadtstrände" hatten bald ihren Platz im Sprachgebrauch der Städter gefunden.

An anderen Ufern der Seen waren Liegewiesen zu finden. Mit einem Absatz, etwa zwei, an anderen Stellen drei Stufen hoch, zur Wasseroberfläche.

Diese Liegewiesen waren während der Sommernächte und besonders der stadtbekannten Feste, begehrte Rückzugsgebiete für Menschen, die einige Zeit zu zweit miteinander verbringen wollten.

Und es, aus welchen Gründen auch immer, für ihre Zweisamkeiten nicht bis nach Hause schafften oder schaffen wollten.

Was bedeutete, man musste in solchen Nächten darauf achten, beim Gang über die Liegewiesen nicht über kopulierende Leute zu stolpern.

Somit waren diese Wiesen zuweilen Stätten freizügiger Begegnungen. Was allerdings den Straftatbestand der Erregung öffentlichen Ärgernisses viele Male erfüllte.

Aber, wo bekanntlich kein Kläger, da war auch kein Richter.

Als darüber im Stadtrat diskutiert wurde, wieder einmal, meinte der Vertreter einer freien und unabhängigen Wählergruppe, es wäre nunmehr an der Zeit, die städtische Baugesellschaft mit der Errichtung von Wohnungen zu beauftragen.

„Um unseren Wählern eine Bleibe zu verschaffen!", ergänzte der Abgeordnete.

„Und wer soll das bezahlen?"; fragte ein streng blickender Mann.

„Das müssen wir dann zum gegebenen Zeitpunkt besprechen!", meinte der Präsident des Stadtparlaments. Und damit war die

Diskussion über das nächtliche Treiben auf den Liegewiesen und den offenbar damit im direkten Zusammenhang stehenden Wohnungsmangel beendet.

3

Vor einigen Jahren, vielleicht waren es vier, vielleicht auch erst drei Jahre, rief Ria unerwartet bei mir an.

Wir hatten uns längere Zeit nicht gesehen, auch nicht miteinander telefoniert. Jeder war mit den ihn umgebenden Dingen beschäftigt.

Ich kann mich sehr deutlich daran erinnern, es war zum Ende des Sommers, als Ria sich am Telefon meldete.

Zu einer Zeit, als die Sommerfeste in der Stadt Geschichte waren und die Herbstfeste noch nicht begonnen hatten.

„Am Wochenende ist Marktfest!", sagte Ria, „Kommst du mit?"

Ihre Stimme klang sehr deutlich und fest und ich meinte, sie wäre bei bester Verfassung.

„Ja! Sicher!", antwortete ich und fragte:

„Wie immer um acht am Pavillon?"

„Ja! Gerne!"

Es war Tradition, dass wir uns immer am Pavillon um acht am Abend trafen. Dann, wenn wir gemeinsam den Abend verbringen wollten.

Der Pavillon war ein fest gemauertes und sorgfältig glatt verputztes Gebäude auf dem

Alten Markt. Mitten in der Stadt.

Solange es mir bekannt ist, fanden in dem Pavillon die Ausstellungen des städtischen Kunstvereins statt.

Von den sechs jährlichen Ausstellungen waren drei den Künstlern der Stadt und des näheren Umlandes vorbehalten.

Außerdem öffnete pünktlich und jährlich am ersten Advent eine Weihnachtsausstellung: „Künstler der Galerie". Gezeigt wurden Bilder und vor allem Grafiken aus den Beständen des Hauses.

Mit Ria traf ich mich um acht, weil dann das Fest für den Abend vorbereitet war. Zudem war jetzt ein anderes Publikum zu erwarten: Die städtische Szene oder wer meinte, dazu zu gehören, traf sich.

*

Ria stand, etwas erhöht, auf einem Eingangspodest, zu dem drei Stufen vom Gehweg hinauf führten. Sie stützte sich auf die Schultern eines Mannes ab. Der, so hatte es aus der Entfernung den Anschein, war mindestens einen Kopf größer als Ria.

Es war nicht zu übersehen, Ria hielt Ausschau.

Und dann, als sie mich sah, winkte sie mir lebhaft zu, stolperte beinahe vom Podest herunter und kam auf mich zugelaufen.

Sie lief mir in meine weit ausgebreiteten Arme und dann drehten wir uns aus Freude über das Wiedersehen im Kreis. Ria sagte:

„Schön, dass du gekommen bist! Und ich hab jemanden mitgebracht!"

Der Mann, auf dessen Schultern Sie sich abgestützt hatte, stand jetzt neben uns und Ria sagte:

„Das ist Heiner!"

Und als ich dem Mann zur Begrüßung die Hand reichte, erklärte Ria:

„Heiner, das ist mein allerbester Freund! Schon immer gewesen. Und er wird's auch bleiben. Bis ans Ende der Zeit. Egal, wann das geschieht!"

Und zu mir sagte sie:

„Nun weißt du, warum wir uns so lange nicht gesehen haben. Heiner und ich mussten uns annähern..."

„...und beschnuppern und für gut befinden!", führte ich den Satz zu Ende.

„Ja!", sagte Ria, „Und jetzt gehen wir feiern!"

Sie hakte sich bei mir und bei Heiner unter und so zogen wir als Trio zum Festplatz der

Stadt. Keine zehn Minuten Fußweg von unserem Treffpunkt am Alten Markt entfernt.

Für den Leser sei an dieser Stelle erklärt, Ria sagte mir später, Heiner ist Künstler und hätte sie vor einigen Wochen in irgendeiner Szenekneipe angesprochen. Er wollte, dass sie ihm Modell steht. Bezahlen könne er sie nicht. Aber, wenn sie bereit wäre, auch anderweitig vergüten.

„Es ist ein offenes Geheimnis", sagte ich, „wie die meisten Maler ihre Modelle entlohnen!"

„Du meinst, statt Geld gibt's Liebe?", fragte Ria und sah mich an. Und ergänzte nach einigen Augenblicken:

„Stimmt übrigens! Und Heiner hat ein herrlich großes Bett gleich neben seinem Atelier zu stehen."

*

Weil Ria und Heiner, neben der Begrüßung gemeinsamer Freunde und Bekannte, nur mit sich beschäftigt waren, stand ich oft neben beiden. So, wie der kleine Bruder, auf den aufzupassen war. Ich kam mir in dieser Rolle schon nach kurzer Zeit unwohl vor und ging bald eigene Wege.

Ria und Heiner störte das nicht. Im Gegenteil! Ria meinte, der Festplatz wäre nicht so groß, dass ich mich verirren konnte.

„Stimmt!", erwiderte ich und ging, um mir Weißwein, gut gekühlt übrigens, eingießen zu lassen.

Und als ich wieder an den Stehtisch zurückkam, waren Ria und Heiner bereits weiter gezogen.

Später sah ich sie noch einige Male, allerdings nur von weitem. Dann, als es dunkel war und ich Ria und Heiner noch einmal erblickte, hatte ich ernsthafte Zweifel daran, dass sie es bis in das „herrlich große Bett, gleich neben seinem Atelier", miteinander schafften. Oder ob sie vorher noch hinter einem Gebüsch auf der Wiese an einem der Seen verschwinden würden...

Allerdings habe ich das nie erfahren, wenn auch meine Gedanken nicht so abwegig waren!

*

Später am Abend standen viele der Festbesucher in größeren und auch kleineren Kreisen und sprachen über alles und jedes miteinander und zueinander.

Neue Leute kamen und stellten sich dazu und wiederum andere gingen.

Manchmal gesellte ich mich dazu, hörte die Gespräche, sagte mitunter auch 'was, allerdings selten. Oft ging ich nach kurzer Zeit weiter.

Als ich wieder 'mal bei einem der Kreise stand, stellte sich eine junge Frau, beinahe noch ein Mädchen, neben mich und fragte:

„Bist du auch neu hier?"

„Wie man's nimmt. In der Stadt wohne ich schon einige Jahre, auf dem Fest bin ich seit genau achtzehn Minuten nach um acht und an dieser Stelle stehe ich seit etwa drei Minuten!"

„Aha!", sagte die jungen Frau, sah mich an, streckte mir eine Hand entgegen und sagte dann:

„Ich bin Hanna!"
Worauf ich mich ebenfalls vorstellte. Schließlich bin ich ein höflicher Mann.

Wir sprachen über das Wohin und Woher und Warum und stellten schließlich fest, wir sollten diesen Kreis verlassen und weiterziehen. Denn augenblicklich waren Leute hier, die konnten unsere wesentlich jüngeren Geschwister sein. Und zwischen denen kam ich mir alt vor.

Das letzte Mal an diesem Abend sah ich Ria und Heiner. Beide standen an der Seitenwand einer Marktbude und Ria mit dem Rücken zum Holz. Sie hatte ein Bein gehoben und den Fuß gegen die Bretter gelehnt.

Ria und Heiner waren derart in ihre Knutscherei vertieft, dass sie die Welt und das Fest und den Markt vergessen hatten,

Ich zog Hanna weiter, denn ich wusste nicht, ob Ria und Hanna sich irgendwann begegneten. Sicher war mir sicher.

Jetzt, zur vorgerückten Stunde, hatten sich die Reihen der Festbesucher gelichtet und es war möglich, sich zu bewegen, ohne angerempelt zu werden. Oder jemanden zu schubsen.

Hanna hatte meine Hand genommen und meinte:

„Ich will dich nicht verlieren!"

Obwohl ich gern und viel sprach und erzählte, höre ich ebenso gern anderen Leuten dann zu, wenn sie über ihr bisheriges Leben sprechen und erfahrene Erlebnisse schildern.

Hanna sprach über ihre Kindheit in dem Dorf, eine halbe Stunde vom Meer entfernt und heute kaum noch bewohnt. Dann über ihre Mutter und ihre beiden Brüder, die der Vater alleine ließ.

„Er ist damals auf und davon gegangen. Ohne vorher ein Wort zu sagen. Oder anders gesagt, er kam von irgendwoher nicht wieder..."

„Vom Zigaretten holen?", fragte ich.

„Mag sein. Muss es nicht. Ich war damals noch sehr klein und habe kaum oder nur sehr wenige Erinnerungen an meinen Vater. Meine Mutter sagte manchmal, er wäre vor seinem Leben, vor sich, eigentlich vor allem, davon gelaufen. Er war im Leben, in seinem Leben, noch nicht angekommen..."

„Das soll's geben, auch wenn das tragisch ist!".

„Und er hatte meine Mutter sehr gern. Hat sie geliebt. Sagte sie!", Hanna blickte mich an und sagte dann weiter:

„Ich war schon 'mal verheiratet."
Ich wusste nicht, was ich darauf antworten sollte und sagte deshalb nur:

„Hm!"

„Doch das ist schon fünf Jahre her, dass wir nicht mehr zusammen sind. Es hat, wie sagt man...?"

„Weiß nicht..."

„Es hat nicht gepasst!"
Und wiederum antwortete ich nur:

„Hm!"

„Das war sehr heftig damals! So von einem auf den anderen Tag wurde mir erklärt, dass die Liebe nicht mehr da ist und wohl auch nicht wiederkommen wird. Mein damaliger Mann versicherte mir, eine andere Frau wäre nicht der Grund für den Abschied von mir..."

Hanna schilderte mir dann und wohl auch

keine Einzelheiten dabei auslassend, ihre Trennungsgeschichte:

Sehr jung, sie war erst Anfang zwanzig, hatten sie damals geheiratet. Und nach drei Jahren standen die ehemals Verliebten vor dem Haufen ihrer Ehescherben.

„Aber!", sagte Hanna, „Uns hat niemand gezwungen, zu heiraten. Es war kein Baby unterwegs. Und kein Elternteil hat damals gedrängt und gedrängelt. Es war unsere freie Entscheidung!", Hanna sah mich an und fügte hinzu:

„Das musst du mir glauben!"

„Nun ja, warum sollte ich das nicht tun?"

„Weil meine Geschichte vielleicht etwas ungewöhnlich ist!"

„Weißt du", sagte ich und blieb stehen, „ich kann dir auf all' das, was du mir sagst, kaum etwas erwidern..."

„Schade!", Hanna wollte weitergehen, doch ich hielt sie fest und sagte:

„Ich war noch nicht verheiratet. Allerdings, vor Jahren habe ich für einige Zeit mit jemandem zusammen gewohnt. Allerdings nicht lange. Vom Frühjahr bis kurz vor Weihnachten..."

„Verstehe!", sagte Hanna,

„Aber ich hör dir gern weiter zu. Vielleicht

hilft dir das!"

„Danke! Allerdings, ich habe die Ehe und die Scheidung verarbeitet. Damit habe ich abgeschlossen!"

„Das ist wohl auch gut so!"

„Ja!", Hanna sah mich an und dann sagte sie plötzlich:

„Und jetzt fahren wir über'n See!"

Ich hatte mit vielem gerechnet. Nur nicht damit, dass Hanna jetzt mit mir Kahn fahren wollte!

„Und wo?"

„Auf'm Großen See!"

Wie bekannt, befanden sich in der Nähe der Stadt einige größere und kleinere Seen.

Bis dahin, wo jetzt die Stadtfeste gefeiert wurden, war später ein Kanal gegraben worden. An dessen Ende befand sich der Große See.

Somit hatte die Stadt dann auch einen See, anderen Städten gleich. Die hatten einen Aasee oder den Maschsee oder den Müggelsee. Oder nur einen Stadtsee.

Es überraschte mich immer auf's Neue, wenn ich eingeladen werde, Dinge zu tun oder zu erleben, die ich allein nicht machte. So auch an diesem Abend, als Hanna mit mir über'n See fahren wollte.

Das war durchaus möglich und wurde auch von vielen Leuten genutzt. Besonders an den Wochenenden und auch an Feiertagen.
Oder an den Abenden der Stadtfeste.

Die Stadt, in der ich lebte, war den Einwohnern und ihren Gästen sehr großzügig gegenüber. Hätte man in anderen Städten für die Benutzung der Tretboote Gebühren erhoben, so war das in unserer Stadt kostenlos. Die Wasserfahrzeuge waren an einem Steg angebunden. Und jeder, der damit fahren wollte, konnte das tun, Es war sogar gelungen, die Benutzer dazu anzuhalten, die Boote nach der Fahrt auch wieder am Steg zu vertäuen.

Die Wassertreter waren kleine Boote, eher Kähne, die über eine Pedalerie verfügten, die bei Betätigung über ein Gestänge das Schaufelrad am Heck bewegten. So, wie bei einem Mississippi-Dampfer. Nur viel kleiner und auf die Mitarbeit der Fahrgäste angewiesen.

Hanna zog mich auf den Steg und meinte:
„Da haben wir Glück!"
Denn es waren nur noch zwei der begehrten Wassertreter am Steg.

Sie löste die Schlinge und fragte mich:

„Schwimmen kannst du? Oder?"

„Sicher!"

„Na, dann können wir lostreten!"

„Ja!"

Sie hielt den Kahn an dem Tau fest und ich stieg ein. Nun hielt ich den Kahn mit der Hand am Steg und Hanna stieg ein.

Dann dauerte es einige Augenblicke, bis wir den gemeinsamen Rhythmus gefunden hatten, um beim Treten in die Pedalerie vorwärts zu kommen.

Wir stellten bald fest, es war sehr einfach, ähnlich wie mit einem Tandemfahrrad.

„Na, das klappt mit uns beiden bereits recht gut!", stellte Hanna bald fest, als wir die Mitte des Sees erreicht hatten..

Ich antwortete nichts, sondern beließ es bei einer Grummelei, die bei gutem Willen als Zustimmung gelten konnte.

Bald bemerkte ich, es war für Hanna sehr bedeutend, jedwedes Kommando auf dem Tretkahn zu führen. Sie hatte die Ruderpinne, ein einfaches im Wasser hängendes Blech, in der Hand. Sie war Maschinistin und bestimmte den Takt unseres Tretens der Pedalerie. Und sie war

Kapitänin und legte den Kurs des Kahnes fest.

Ich hatte gegen alles das nichts einzuwenden. Irgendwelche meiner Interessen wurden nicht berührt. Ich hatte mich auf dem Tretkahn in die Rolle des Matrosen gefügt.

Mir war wichtig, dass wir Spaß miteinander hatten.

Hanna steuerte jetzt auf den Kanal zu und ich fragte:

„Wohin willst du mit mir?"

Hanna sah mich an und ich bemerkte ein geheimnisvolles Lächeln. Dann sagte sie:

„Du wirst..."

Alle weiteren Worte des Satzes konnte ich nicht hören.

Denn ein gewaltiger, weil ohrenbetäubender Knall erfüllte die Nacht. Und kurz danach fiel ein Sternenregen vom Himmel. Jetzt begann das für die Stadt und ihre Feste bekannte Feuerwerk. Jetzt explodierten am Nachthimmel beinahe unaufhörlich Feuerwerkskörper. Wieder und immer wieder regnete es Sterne vom Nachthimmel. Sterne in allen Farben und Formen und Größen wurden in verschieden Höhen von den Raketen gebracht und fielen dann zurück und verglühten kurz vor dem Aufprall auf der Erde.

Und dann, ebenso plötzlich, wie das Feuerwerk begonnen hatte, war der Himmel wieder blauschwarz und dunkel.

Bis zu dem Moment, als mit lautestem Knall eine letzte Rakete hoch und höher in den Nachthimmel stieg. Dann, als sie nur als ein kleiner Lichtpunkt auszumachen war, explodierte sie und beinahe taghelles Licht überstrahlte die Festwiese und den See.

Hanna hielt mich erneut an den Händen und als die letzten Lichttropfen erloschen waren, sagte sie:

„Du wirst es gleich sehen, wohin wir fahren!"

„Na gut!"

Wir begannen, erneut das Tretboot zu bewegen. Bald hatten wir den Kanal erreicht und Hanna steuerte das Boot an einen der kleinen Stege.

„Willst du mit mir in ein Gartenhaus einsteigen?", fragte ich.

„So ungefähr! Lass dich überraschen!"

Hanna vertäute das Tretboot am Steg, stieg aus und forderte mich auf, ebenfalls auf den Steg zu klettern.

„Mir gehört dieses Grundstück!", sagte sie und ging in den Garten und zu dem Haus, dass sich etwa ein dutzend Meter vom Steg entfernt befand.

Ich war sehr überrascht und blieb auf dem Steg stehen. War das Wirklichkeit? Oder hatte ich einen Traum? Ich kniff mir in den Arm und stellte danach fest, es war Wirklichkeit, was mir hier begegnete.

Hanna drehte sich um und sagte:

„Nun komm! Ich werde dir nichts antun!"

Davon war ich nun allerdings überzeugt und glaubte das gern. Und so ging zu Hanna, die jetzt die Tür aufschloss und erklärte:

„Es ist grundsätzlich alles in Ordnung! Nur, auf Besuch bin ich nicht vorbereitet!"

„Und warum hast du mich dann hierher entführt?"

Hanna antwortete auf diese Frage nicht und sagte statt dessen:

„Dieses kleine Anwesen hat meine Oma mir geschenkt. Damals, nach der Scheidung!"

„Nette Geste!", antwortete ich.

„Bist du neidisch?"

„Nein! Das ist meine ehrliche Meinung!"

Hanna entzündete eine Kerze und schloss sofort die Tür und meinte:

„Wegen der Mücken!"

Ich sah mich um und stellte nun beim Kerzenschein fest, dass ich in einem gemütlich eingerichteten Raum stand und fragte:

„Wohnst du hier?"

„Manchmal an den Wochenenden und im Sommer. Der Ofen heizt nicht und wenn, dann ist Qualm im Raum. Deshalb ist's im Winter hier zu kalt.

„Kann man reparieren! Ich meine, den Ofen!"
„Richtig! Mann kann das! Ich bin Frau!"
„Hm!"

Ich überlegte, ob hier ein Deal stattfinden sollte. Ofenreparatur gegen vielleicht zwei oder drei Nächte mit Hanna. Doch diese Gedanken ließ ich hinter meiner Stirn.
Statt dessen fragte ich:

„Was ist kaputt? Der Ofen oder der Schornstein? Oder beides?"

„Weiß ich nicht!"
Und diese Antwort klang sehr glaubwürdig.

Hanna hatte in der Zwischenzeit weitere Kerzen angezündet, die den Raum mit warmen Licht ausleuchteten. Und ich stellte fest, Hanna war wohl öfter hier als sie gesagt hatte. Offenbar wohnte sie hier. Zumindest in der warmen Jahreszeit.

„Angenehm hier!", sagte ich.

„Warum soll das nicht ein, wenn auch zeitweises, Zuhause sein?"
Wieder antwortete ich nicht und sagte statt dessen nur:

„Stimmt!"

„Wir haben zwar keinen Ofen, aber durch die Kerzen wird der Raum bald etwas wärmer!"

„Weihnachten benötigt man auch nur wenig Heizmaterial!"

„Ich bin Weihnachten immer hier!", sagte Hanna. Außer am Weihnachtsabend. Da besuche ich meine Mutter. Ist so Tradition seit vielen Jahren."

„Traditionen sollten bewahrt werden. Auch dann, wenn es einen altmodischen Anschein hat. Denk' an den alten Fontane!" [*]

„Du meinst, wenn er behauptet, alles Alte, solange es gut ist, sollten wir mitnehmen auf unserer Reise in die Zukunft?"

„Ja! Allerdings, das Neue darf nicht unbedacht werden!", sagte ich.

Hanna hatte sich in einen Sessel gesetzt und ich saß rittlings auf einem Stuhl. Dann meinte sie nach einigen Augenblicken:

„Kannst du hier bleiben?"

„Ja!"

„Ich mach' dir auf der Couch dein Bett, ja?"

„Alles Alte, soweit es Anspruch darauf hat, sollen wir lieben, aber für das Neue sollen wir recht eigentlich leben." (Theodor Fontane, „Der Stechlin")

„In Ordnung!", stimmte ich zu und mir war in diesem Moment klar, dass Hanna auch gleich ein gemeinsames Nachtlager auf dem Sofa herrichten konnte. In spätestens einer halben Stunde würden wir ohnehin gemeinsam unter einer Decke liegen. Danach gefragt, hätte ich allerdings nicht die Herkunft dieser Gedanken erklären können.

Ich begann, Hanna behilflich zu sein. Aber nach den ersten Handgriffen wehrte sie das ab und sagte;

„Vor dem Schlafen tauche ich meistens im Kanal unter!"

„Wie?"

„Na, ich klettere an der Leiter am Steg ins Wasser!"

„Ach so!"

Und dann fragte ich:

„Du meinst, ich sollte schon 'mal ins Wasser steigen?"

„Gerne! Wenn du das möchtest!"

Ich zog meine Sachen aus und ging die wenigen Schritte zum Steg, kletterte an der Leiter in den Kanal und tauchte in das sommerwarme Wasser.

Hanna hatte mich noch gebeten, die Leiter nicht zu verlassen:

„Auf dem Grund des Kanals liegen einige Dinge, die da nicht hingehören. Im nächsten Frühjahr soll das geändert und das Zeug heraus geholt werden!"

Ich befolgte diesen Hinweis, und als ich die Leiter wieder herauf kletterte, stand Hanna auf dem Steg und hielt mir ein Handtuch entgegen.

Als Hanna in den Kanal tauchte, stand ich auf dem Steg und wartete.

Und als sie wieder aus dem Wasser gekommen war, nahm Hanna das andere Handtuch und wickelte sich darin ein.

Dann nahm sie meine Hand und zog mich in das Haus.

4

Auch dann, wenn Ria in den oft zitierten festen Händen war, meldete sie sich bei mir. Ausschließlich telefonisch und der Zeitpunkt der Anrufe war nie vorher bekannt. Auch nicht festzulegen oder zu erahnen. Ria rief an und das war dann, wenn es ihrem Plan entsprach.

Einige Male hatte ich versucht, sie davon zu überzeugen, mir wenigstens vor dem Anruf, einige Stunden würden genügen, eine E-mail zu senden.

Leider waren meine Bemühungen erfolglos.

Als sie Heiner getroffen hatte und nun mit ihm das Leben teilte, war das anders.

Ria war nicht zu erreichen, „...is not available in the moment..." verkündete mir tapfer eine angenehme Stimme. Und sie meldete sich auch nicht, wenn ich ihr Nachrichten hinterließ, „...auf Band sprach...", wie man es heute noch oft sagt.

Dann, als ich begann, mir wirkliche und ernsthafte Sorgen zu machen, klingelte an einem Nachmittag, etwa drei Wochen nach dem Stadtfest das Telefon und ich hörte Ria's vertraute Stimme, die nach meinem Befinden fragte.

Weil ich, wir wissen das, Hannas Nähe genoss, ging es mir so gut, wie während schon längst vergessen gemeinter Zeiten. Aber das sagte ich Ria nicht und antwortete nur:

„Gut, meine Liebe. Gut!"

Und dann sprachen wir über das Eine und auch das Andere. Nach Heiner und beider Beziehung zueinander fragte ich nicht.

Ich hatte mich bei Ria noch nie nach dem Stand der Dinge während laufender Beziehungen erkundigt. Weil ich mir sicher war, darüber würde Ria mir nicht die Wahrheit sagen. Warum auch immer...

Statt dessen ahnte ich, dunkle Wolken begannen, sich vor Ria's Horizont aufzutürmen. Zwar waren das, so meinte ich, noch keine Wolkengebirge. Aber immerhin nicht zu übersehende Erscheinungen.

Ria wirkte auf kaum zu erklärende Weise fahrig, unkonzentriert und zudem traurig. Das verriet mir ihre Stimme.

Ich fragte mich, neigte sich die Beziehung zu Heiner dem Ende entgegen?

Ich hoffte, das würde nicht sein und auch nicht so bald eintreten. Denn momentan war Hanna mir sehr wichtig; ich wollte mit ihr viel Zeit verbringen.

Ich wusste, dann, wenn Ria einem Häufchen Unglück gleich, auf der Schwelle vor meiner Tür saß, würde viel Zeit dafür benötigt, um sie aus einem tiefen Loch heraus zu pulen.

*

So, wie bereits berichtet, erlebte ich mit Hanna nahezu unbeschwerte Tage und Wochen. Wir richteten den Garten am Kanal für den Winter her.

Weil ich einer landwirtschaftlich orientierten Familie entstammte, konnte ich einige dazu benötigte Vorkenntnisse aufweisen.

Und selbstverständlich reparierte ich den Ofen. Teile der Schamotte im Brennraum waren zu erneuern und die Verbindung zwischen Ofenrohr und Schornstein abzudichten. Ebenso die zwischen Ofen und Rohr.

Hanna bestellte den Schornsteinfeger, der reinigte die Feuerungsanlage, wie in der Rechnung nachzulesen war.
Als wir an einem Sonnabend „Anheizen" feierten, fiel der erste Schnee. Es war Mitte November.

An diesem Abend dann vereinbarten Hanna und ich, jeder würde weiterhin in seiner Wohnung leben. Wir wollten uns langsam aneinander gewöhnen.

*

Ria meldete sich jetzt öfter nach diesem ersten Anruf während für mich quälend langer Tage und Wochen.

Einmal fragte sie mich, ob sie sich damals, auf dem Stadtfest, wenigstens etwas vernünftig benommen hätte.

Ich widersprach nicht und stimmte auch nicht zu. Und Ria war's zufrieden.

Etwa Ende November, nachdem ich Hanna von Ria berichtet hatte, lud ich Ria ein.

„Ich meine", sagte ich, „es ist die Zeit gekommen, dass wir 'mal wieder zusammen sitzen und reden!"

„Meinst du?"

„Ja!"

Ich wollte Ria sehen, wollte sie beobachten und herausfinden, wie es ihr geht. Auch von Hanna wollte ich erzählen.

Wir besprachen, aus unserem ersten Treffen nach Wochen, beinahe Monaten, kein besonderes Ereignis zu machen.

Dann trafen wir uns am Mittwoch vor dem zweiten Advent.

Ria klingelte, wenige Augenblicke vor halb fünf am Nachmittag.

Als ich sie sah, war ich überrascht und sogar erstaunt.

Sie war, wir wissen dass, eine attraktive Frau. Mitunter war sie ein Ereignis. So, wie an diesem Nachmittag.

Ria hatte, das war nicht zu übersehen, sehr viel Mühe und Zeit darauf verwendet, ihr Äußeres zu gestalten. Sie war perfekt und dezent geschminkt und gekleidet.

Sie machte seit dem ersten Moment unseres Wiedersehens, seitdem sie in der Tür stand, einen ruhigen und ausgeglichenen Eindruck.

Und, so dachte ich mir, sollte das nicht der Fall sein, dann spielte sie das sehr gut.

Ähnliches kannte ich von ihr...

Hatte ich mich, damals, während ihres ersten Anrufes, etwa getäuscht? War sie auch damals, wie man es heute sagt, 'gut drauf'?

Ich war mir sicher, das zu erfahren...

Seit dem Anfang unseres Wiedersehens an diesem Nachmittag war zwischen uns die bekannte Vertrautheit. Kleine Neckereien und wie zufällig erfolgte Berührungen ebenfalls...

Ich half Ria, als sie ihren Mantel ablegte und roch ihren Duft.

„Wie geht es dir?", fragte ich noch im Flur.

„Gut! Bestens sogar!"

Ich war mir wiederum nicht sicher, ob das der Wahrheit entsprach. Diese doppelte Bestätigung in ihrer Antwort...

Noch konnte ich nicht erklären, warum ich Rias Antwort bezweifelte.

Ich kannte sie lange. Viele Jahre und somit eigentlich immer.

Darum ahnte ich, Ria spielte möglicherweise an diesem Nachmittag eine von ihr selbst erfundene Rolle. Nämlich, wenn es so war, die der glücklichen Geliebten.

Denn, und das war ziemlich zum Beginn unseres Nachmittags, hatte Ria mir gesagt, ihr Freund und Bekannter Heiner war mit Uschi, eigentlich Ursula, verheiratet. Beide, Heiner und Uschi führten seit Jahren eine offene Beziehung.

Uschi lebte zwei Städte weiter und Heiner in seinem Atelier mit Kochecke und Bad. Und großem Bett.

„Das hat er mir gleich am Beginn unserer Beziehung erzählt!", Ria sah mich an und ergänzte dann:

„Ein- oder zweimal in jeder Woche fährt er seine Frau besuchen. Manchmal kommt er am gleichen Tag wieder...“

„Und Kinder?, fragte ich, „Ich meine, haben Heiner und Uschi gemeinsame Kinder?“

„Ja! Zwei erwachsene Töchter, Aber die leben längst ihr eigenes Leben. Mehr weiß ich nicht.“

Ich fragte auch nicht weiter. Es ging mich ja auch nichts an und sagte statt dessen:

„Dann bist du also Zweitfrau?“
Ria sah mich einige Augenblicke an, bevor sie antwortete:

„Ja und nein! Weil ich meine, Heiner hat keine Reihenfolge festgelegt. Er hat uns beide. Uschi und mich!“

„Also bist du die Frau für alle Tage und Uschi, die Ehefrau, fährt er besuchen?“

„Ja! Wenn du das so festlegst!“

Auch darauf erwiderte ich nichts. Aber es war genau diese Konstellation, die Ria einerseits an der Seite eines erfolgreichen und bekannten Künstlers genoss, aber andererseits die nahezu aussichtslose Situation, nie die, wie ich es für mich festlegte, Hauptfrau zu werden.

Ich fragte Ria nicht weiter nach ihrer

Beziehung zu Heiner .

Statt dessen erlebten wir einen angenehmen Nachmittag.

Weil ich Ria kannte und deshalb wusste, irgendwann hatte die Beziehung zu Heiner für sie keine weitere Zukunft. Und dann würden wir genug zu besprechen haben. Später...

Dann sprachen wir darüber, dass ich Hanna kennengelernt hatte.

„Was? Du hast wieder eine Freundin?", fragte Ria und sah mich überrascht an. Und das war ehrlich.

„Aber du bist weiterhin die erste Freundin. Platonische Freundin, wohlgemerkt!", sagte ich.

„Danke!"

Ria war bisher an meinem Leben sehr interessiert. Genauso, wie wir über die meisten Dinge und Ereignisse ihres Lebens sprachen.

So war ich dann sehr erstaunt, verwundert, darüber, dass sie nicht weiteres über Hanna wissen wollte. Lediglich danach fragte, ob Hanna und ich gleichaltrig waren.

„Nein", antwortete ich wahrheitsgemäß, „Hanna ist jünger."

„Wesentlich jünger?"

„Acht Jahre."

„Hm!", meinte Ria nur.

Mehr sagte sie nicht. Und ich wusste seit diesem Augenblick, Hanna war ab jetzt nicht als ernsthafte Konkurrentin festgelegt. Dazu kannte ich Ria zu lange und zu gut.

Ebenso konnte Hanna sich bemühen, um was es auch immer gehen mochte, sie war ab jetzt und für alle Zeiten für Ria „die Kleine".

Das würde Ria zwar nie so sagen, dazu war sie viel zu höflich. Aber festgelegt hatte sie das allemal.

Und Ria würde manchmal, da war ich mir sehr sicher, das gegenüber Hanna auch durch Gesten und Mimik zu verstehen geben.

Es ist nun weiterhin an der Zeit zu beachten, dass Ria wiederum älter als ich war. Zwar nur einige Monate, aber immerhin fast ein Jahr.

Und weil Ria nicht weiter nach Hanna fragte, hielt ich mich mit meinen Auskünften, wider Willen übrigens, ebenfalls zurück.

Ich hoffte, das erste Treffen von Hanna und Ria würde eine freundliche Begegnung werden...

*

Noch im vergangenen Jahr, bevor Ria ihrer gegenwärtigen Liebe, dem Kunstmaler Heiner, verfiel, hatten wir, wie so oft, den

Weihnachtsabend gemeinsam verbracht.

Manchmal, nicht in jedem Jahr, gingen wir am Weihnachtsabend eine halbe Stunde, kaum länger, durch die Stadt.
Doch nur dann, wenn Schnee gefallen war.

Manchmal blieb Ria in der Nacht bei mir oder ich war ihr Gast.

An dem einem Weihnachtstag kamen gemeinsame Freunde und Bekannte zu Ria und am nächsten zu mir.

Jeder hatte 'was zu verschenken. Kleinigkeiten, Aufmerksamkeiten. Oft selbst gearbeitet, gebastelt.

Wir saßen beieinander, besprachen manchmal wichtige Dinge und redeten meistens über das Alltägliche.

„Und, was werden wir in diesem Jahr am Weihnachtsabend machen?", fragte ich.

Ria blickte zur Seite, sah dann mich an und sagte:

„Stimmt! Weihnachten ist nun auch bald. Ich bin, um ehrlich zu sein, noch im Sommer!"

„Der war in diesem Jahr auch in der Tat schön!"

„Ja!", antwortete Ria, „Und lange!"

„Und Weihnachten?"; bemühte ich mich, auf meine Frage zurück zu kommen.

„Ich habe mit Heiner noch nicht gesprochen!"

Ich spürte, Ria wollte mir ausweichen. Sich nicht festlegen. Jedenfalls nicht heute. Das hatte ich schon einige Male bei ihr beobachtet. Darum sagte ich:

„Lass uns in diesem Jahr Weihnachten neu üben! Du mit Heiner und ich mit Hanna! Die geht am ersten Feiertag zu ihrer Mutter. Und Heiner wird ja wohl seine Frau, die Uschi, besuchen..."

„Möglich!"

„Und wir, du und ich, haben unsere Familien und treffen uns am späten Vormittag des zweiten Feiertag zu einem langen Spaziergang!", sagte ich.

„Gut! Ich werde das mit Heiner so besprechen!"

„Und unsere gemeinsamen Freunde und Bekannten werden wohl ohne uns feiern! Außergewöhnliche Situationen erfordern ebensolche Entscheidungen!"

„Ja! So können wir das machen!", stimmte Ria zu und sah mich dankbar an. Wohl auch deshalb, weil ich auch für sie Entscheidungen getroffen hatte.

Ich war sehr froh darüber, diese Angelegenheit so zu unser beider Zufriedenheit geregelt zu haben.

Und das Ria der gleichen Meinung war, musste sie mir nicht sagen. Das wusste ich.

Wir hatten nicht vereinbart, wann das Ende unserer Begegnung an diesem Nachmittag sein sollte.

Deshalb überraschte es mich, als Ria wenig später aufstand und sagte:

„Ich muss gehen!"

„Schade! Aber wenn Heiner wartet..."

„Der ist bei seiner Frau!"

„Dann kannst du doch noch bleiben!", bettelte ich und sah Ria an.

„In meiner Wohnung will ich noch einige Dinge erledigen!"

Ich begleitete Ria zum Flur, half ihr in den Mantel und plötzlich drehte sie sich zu mir um, schlang die Arme um meinen Hals und sagte leise und dicht an meinem Ohr:

„Ach du!"

„Ist was?", fragte ich, „Muss ich was wissen?"

„Nee! Aber manchmal fehlst du mir so sehr!"

Ria ließ mich los und öffnete die Tür. Und als ich sie nach unten bringen wollte, lehnte sie ab und meinte:

„Nee, lass 'mal!"

„Bis Weihnachten!", rief ich ihr leise nach.

Aber die Antwort hörte ich nicht. Statt dessen das Klacken ihrer Schuhe auf den Treppenstufen.

Schnell schloss ich die Tür. Ich wollte Ria's Duft noch lange um mich haben.

5

Wir verlebten Weihnachten so, wie besprochen.

Der Spaziergang mit Ria führte uns weit vor die Stadt und als wir zurück waren und vor Ria's Tür standen, war es Zeit, Tee zu kochen.

„Soviel Zeit, ich meine für Tee, hast du noch?", fragte sie.

„Für dich immer!"

Dann saßen wir in ihrer Wohnung und blickten, während auf dem Tisch eine Kerze flackerte, über die Dächer der Stadt.

Wir sprachen nicht viel, beinahe überhaupt nicht. Manchmal suchte Ria meine Hand und hielt sie sehr lange fest.

Gegen halb zehn am Abend sagte ich:

„Jetzt gehe ich nach Hause!"

Und Ria meinte:

„Heiner kommt erst morgen! Ich bin jetzt wieder öfter in meinem Nest!"

So nannte Ria ihre Dachwohnung in dem Haus am Rand der Altstadt.

Auf der Straße empfing mich feuchte Kälte und ich ging sehr schnell zu meiner Wohnung.

Dort wartete Hanna, das war so abgesprochen.

„Du bist schon da?"; fragte sie.

„Ich wollte dich nicht länger warten lassen!"

„Danke! Und, war nicht so? Du bist so still, Ungewohnt ruhig!"

Ich sah Hanna an und antwortete:

„War nicht so wie immer. Irgendwas ist da. Oder zumindest im Kommen. Ich spüre das!"

„Ihr kennt euch so lange. Da merkt der andere, wenn etwas nicht in Ordnung ist!"

„Ich möchte Ria nun auch 'mal kennenlernen!", sagte Hanna.

„Das machen wir im neuen Jahr!"

„Gerne!"

*

Silvester kamen einige Bekannte und fragten nach Ria.

Ich erklärte wahrheitsgemäß, sie und Heiner wollten woanders feiern. Bei Heiners Kollegen im Oderbruch. Und Ria würde um Mitternacht anrufen.

Ria rief nicht an. Nicht um Mitternacht und auch später nicht. Wahrscheinlich wegen eines Funklochs und beim Gastgeber gab es möglicherweise keinen Festnetzanschluss. Was heute nicht unüblich ist...

Wir begrüßten das neue Jahr, wünschten uns alles Gute für die kommende Zeit und saßen dann noch eine Weile zusammen.

Später, als die Gäste gegangen und wir allein waren, sagte Hanna:

„Morgen gehen wir in den Garten, ja?"
„Gerne!"

*

Das neue Jahr begann ruhig. Sehr ruhig. Alles war in Stille und Zurückgezogenheit nahezu erstarrt:

Die Welt, das Land, die Stadt. Menschen, Tiere und Pflanzen.

Auch Hanna und ich.

Während der wenigen freien Tage, bevor die Eile des Alltags erneut beginnen würde, uns zu vereinnahmen, lebten wir in unserer Zweisamkeit und kamen uns sehr nahe.

Nicht nur am Vormittag des Neujahrstages fuhren wir in das Gartenhaus am Kanal. Auch das halbe erste Wochenende waren wir in der Natur. Wir wissen, der Ofen war repariert.

Dass es grau und trübe war, störte uns nicht.

An der Gartenpforte fanden wir einen Zettel. Zwar durchnässt, aber noch einigermaßen leserlich. Alle wurden aufgefordert, vor dem Reinigen des Kanals die Stege und Uferzonen frei zu räumen. Wann die Arbeiten dann beginnen werden, war auf dem Stück Zettel geschrieben, das abgerissen irgendwo und für uns nicht erreichbar, lag.

„Bei uns liegt nichts!", sagte Hanna und ging zum Steg, um dennoch nachzusehen.
Von dort rief sie mir zu:
„Dann können wir im Sommer baden!"
Wir gingen auch in die Gärten unserer Nachbarn und räumten eine Kinderschaufel und bei den anderen Leuten einen Eimer vom Steg..

„Hier hat jeder für den anderen noch etwas Verantwortung!", erklärte mir Hanna, „Die würden das auch für uns tun!"

„Ist heute nicht mehr selbstverständlich. Leider!", antwortete ich.

„Nee, bestimmt nicht!"

Am Sonntagvormittag fuhren wir in die Stadt und in unsere Wohnungen. Jeder wollte die Arbeitswoche, die erste im neuen Jahr, vorbereiten.

Trotz meiner bescheidenen Unabhängigkeit als freier Mitarbeiter einer Wochenzeitung war es für mich notwendig, Notizen über zu erledigende Arbeiten aufzuschreiben.

To-do-Listen sagt man heute dazu.

Mitunter eng beschriebene Seiten, meistens aus einem Heft herausgerissen. Oder auf die Rückseite von Briefumschlägen verewigte ich meine Bemerkungen über dies und jenes, Wichtiges und weniger bedeutende Dinge.
Manchmal auch auf kleinerem Papierformat.
Aber alle Zettel wurden mit einem Stein, vom Strand mitgenommen, beschwert.

Ria hatte sich nicht gemeldet. Keine Nachricht. Nirgends. Keine E-mail. Im Kasten kein Zettel. Auf den Anrufbeantworter nicht gesprochen.
Einige Freunde hatten dort gute und manchmal liebe Wünsche für das neue Jahr deponiert.
Nur Ria nicht.
Aber, so tröstete ich mich, keine Nachricht ist zumindest auch keine schlechte Nachricht.
Jedoch, das war nur ein schwacher Trost...

*

Ria meldete sich auch in der folgenden Woche nicht. Meine Bemühungen, sie telefonisch zu erreichen, waren ebenso erfolglos.

Es war Funkstille zwischen uns. Und das in des Wortes wahrster Bedeutung. Denn immer, wenn wir in der Vergangenheit miteinander telefonierten, dann nahezu ausschließlich mit dem Handy.

Es war Funkstille.

Hanna und ich hatte hatten vereinbart, dass wir die Wochenenden abwechselnd in unseren Wohnungen verbrachten. Mal bei ihr, mal bei mir. Zumindest so lange, bis wir den Garten am Kanal wieder nutzen konnten. Später dann, im Frühjahr wollten wir damit beginnen...

Dann, am Freitag der ersten vollen Arbeitswoche kam Hanna zu mir. So, wie vereinbart.

„In Ria's Wohnung habe ich Licht gesehen!", sagte sie gleich nach der Ankunft.

„Bist du den Umweg gegangen?"

„Ja!"

Ich wusste, Ria besitzt zwei oder drei Zeitschaltuhren. Und das sagte ich Hanna.

In der neue Woche begann ich, bei gemeinsamen Bekannten und Freunden nach Ria zu fragen. Vorsichtig, denn ich wollte keine Aufregung provozieren.

Ich traf Paul, der kannte nicht nur Ria, sondern auch Heiner.

„Kurz vor dem Fest, auf dem Weihnachtsmarkt, habe ich beide das letzte Mal gesehen. Ria wie immer chic, beinahe elegant. Heiner gab bis in die Spitzen der Haarwurzeln den Künstler!", sagte er, „Mit schwarzem Hut und weißem Schal. Und ein bisschen versnobt. Na, du kennst ihn auch!"

„Ja!"

Dass ich Heiner nur wenige Male gesehen hatte, sagte ich nicht.

Dann sprachen Paul und ich noch, wie er es oft bezeichnete, 'übers Leben'. Und auch über gemeinsame Bekannte wurden.

„Vielleicht hat's den beiden irgendwo besser gefallen! Was ich durchaus verstehen könnte!", sagte Paul noch.

„Weshalb?"

Ich merkte, Paul wollte nicht antworten und meinte dann aber sehr direkt:

„Ewig die Uschi oder eine ihrer Bekannten am Telefon oder zu Besuch ist auch keine Lösung!", sagte Paul, bevor er weiter auf seinen

Wegen ging.

So oder zumindest ähnlich äußerten sich andere gemeinsame Freunde oder Bekannte, wenn ich sie fragte.

Als ich das Ergebnis meiner Erkundigungen überdachte, stellte ich fest, die meisten Leute hatten Ria und Heiner das letzte Mal wenige Tage vor Weihnachten auf dem Markt gesehen. Und keine Besonderheiten beobachtet.

Somit war ich der letzte, der zumindest Ria am zweiten Weihnachtsfeiertag gesehen und mit ihr Kontakt hatte.

Zu dieser Erkenntnis kam ich am Ende der zweiten Woche im neuen Jahr. Also am 15. oder 16. Januar. Jedenfalls so ungefähr.

Ich überlegte, zur Polizei zu gehen, um Ria als vermisst zu melden.

Vorher besprach ich mich darüber mit Hanna.

„Grundsätzlich", meinte sie, „hast du recht. Du solltest zur Polizei gehen"

„Was meinst du mit grundsätzlich?"

„Weil du sagst, überhaupt zur Polizei gehen zu wollen! Andererseits, nur weil sie zwei Wochen weder gesehen und gesprochen wurde, ist Ria noch lange nicht verschollen. Vielleicht ist sie mit Heiner auch weggefahren, gleich nach

Silvester. Und hat vergessen, Bescheid zu sagen."

„Hm. Möglich..."

„Und wenn sie Silvester im Oderbruch waren..."

„Ja?"

„Wen besuchten sie?"

„Weiß ich nicht!"

„Das Oderbruch hat sich in den vergangenen Jahren, seit der Wende, zu einer Künstlerkolonie entwickelt. In fast jedem Dorf arbeiten Maler, Keramiker und Schriftsteller und... Kreative werden die heute wohl auch genannt!"

„Woher weißt du das?"

„Mit einem Bekannten war ich vor drei Jahren 'mal an der Oder und im Bruch!"

„Aha!"

Nach einigen Augenblicken fragte Hanna mich:

„Hat Ria Familie? Eltern? Geschwister?"

„Ja! Aber die leben woanders. Ihre Familie, so sagte sie mir oft, sind ihre Freunde und Bekannten!"

„Wo die Familie wohnt, weißt du das?"

„Nein! Die leben in einer anderen Stadt, ich weiß nicht, wo."

„Du sagtest, Ria und du, ihr kennt euch schon immer!"

„Ja! Ria und ich kennen uns. Ihre Familie habe ich nur ein- oder zweimal gesehen. Ich würde davon keinen auf der Straße erkennen!"

„Hm! Dann kommen wir so auch nicht weiter!", stellte Hanna fest.

Und ich meinte, da, in ihrer Stimme eine gewisse Enttäuschung zu vernehmen.

„Zur Polizei", so sagte Hanna weiter, „würde ich nicht gehe. Jedenfalls nicht jetzt und nicht mit so wenig Faktenwissen. Gegen Ria liegt nichts vor. Sie ist gemeldet und lebt in geordneten Verhältnissen, hat einen Job... Wenn man von der Tatsache absieht, dass sie öfter 'mal den einen oder anderen Herren zu sich eingeladen hat..."

„Stimmt!"

„Aber das ist nicht verboten. Es sei denn, das Besuchen wird gewerbsmäßig betrieben... Nach dem Ende unserer Ehe, als ich dann im Gartenhaus wohnte, hatte ich mit meinen Kumpels und Freunden an vielen Wochenenden Spaß. Gartenfest. Sommerfest. Spätsommerfest. Na, und so weiter... Und oft hat's auch der eine oder der andere nicht mehr nach Hause geschafft. Auch deshalb, weil ich nichts dagegen ..."

66

„Was bestimmt auch so seine Reize hatte...
Nachts feiern und grillen und morgens im Kanal
baden und dann am Tag über's Leben
diskutieren... War so etwas wie für die
Ewigkeit...“

„Hast recht! Wenn dann die richtigen Leute
zusammen sitzen, ist's beinahe für immer...
Meint man jedenfalls...“

„Ja!“, sagte Hanna, „Aber um auf Ria zurück
zu kommen! Gibt es irgendwelche Hinweise auf
ein Verbrechen? Gibt es die?“

„Weiß ich nicht!“
Hanna sah mich einige Augenblicke an, dann
sagte sie:

„Wir sollten in einigen Tagen noch 'mal
darüber sprechen!“

„Ja!“

*

Am Mittwoch der dritten Januarwoche
traf ich Hilke. Im Spätherbst war sie Mutter von
Zwillingen geworden. Jetzt schob sie ihre
Kinder, einen Jungen und ein Mädchen, in
einem braun und grau gemusterten Kinderwagen
durch den ebenfalls grauen und zudem
unbelaubten Stadtpark.

Ich erkannte Hilke von weitem an ihren schnellen Bewegungen. Man konnte meinen, sie würde laufen, statt zu gehen. Und dabei den Kinderwagen vor sich herschieben
Hilke warauch an diesem Nachmittag in Eile.

Aber dennoch, immer dann, wenn wir uns trafen, hatte sie Zeit für mich.

Ich berichtete über meine Suche nach Ria und sie meinte:

„Hab' schon davon gehört. Mein Mann wundert sich ebenfalls!"

„Na...", sagte ich nur.

Hilke war mit Klaus verheiratet. Den liebte sie abgöttisch. Mir allerdings war dessen oberlehrerhaftes Benehmen und Gerede nicht nur unsympathisch. Sondern auch zuwider. Aber ich musste nicht mit Klaus leben.

„Und was sagt dein Mann zu Rias Abwesenheit?", fragte ich dennoch.

„Es gibt eben Leute, die kommen nicht zur Ruhe!", antwortete Hilke nach einigen Augenblicken.

Sie ahnte nicht, wie recht sie mit dieser Antwort hatte.
Ria war ein sehr unruhiges Menschenkind...

Was ich nur bestätigen konnte und bereits seit den frühen Tagen unserer Freundschaft mit Skepsis beobachtete.

Ich wusste ebenso, das war eine der charakterlichen Eigenschaften, die, begleitet von einer gewissen Unzuverlässigkeit, andere Menschen zu Ria manchmal auf etwas Distanz gehen ließ.

Bereits vor Jahren hatte ich jedoch beschlossen, Ria dennoch wegen dieser Unzulänglichkeiten zu akzeptieren. Sie war mir immer ein wertvoller Mensch gewesen.

Ich kannte sie nun so gut, dass ich beinahe immer bemerkte, wann ihre Unruhe und auch wann Unzuverlässigkeit zu erwarten war.

Darauf konnte ich mich dann einstellen, um nicht enttäuscht zu werden.

Jedoch, im Moment war das zweitrangig und half auch nicht, Ria zu finden.

Hilke und ich sprachen dann noch eine Weile über das Eine und dann auch über das Andere. Auch über gemeinsame Freunde und Bekannte. Solange, bis dann eines der Kinder, ich meinte damals, es war das Mädchen, begann, mit lautem Geschrei das aufkommende Hungergefühl zu verkünden.

„Ich werd' dann 'mal...", sagte Hilke, gab mir für Hanna Grüße mit auf den Weg und schob ihre Kinder nach Hause und rief mir noch zu:

„Wenn ich was von Ria höre, melde ich mich! Versprochen!"

Auf dieses Versprechen, das wusste ich, konnte ich mich in jedem Fall verlassen...

An den letzten Januartagen begegneten mir weitere Freunde und Bekannte, die ich nach Ria fragte. In jedem Fall bekam ich keine Antworten oder tröstende Worte gesagt.

Einige meinten, Ria gesehen zu haben. Jedoch waren sie sich deswegen jetzt nicht mehr sicher..

Andere sagten, vielleicht leben in der Stadt Leute, Frauen, mit denen Ria Ähnlichkeiten hatte? Und im Winter ist ohnehin alles grau, die Konturen sind verwischt und die Straßenlaternen leuchten mitunter auch am Tag.

Es waren Auskünfte, die mich nicht weiterbrachten auf meiner Suche...

*

Im weltweiten Netz erkundigte ich mich mit Hilfe einer Suchmaschine danach, wann eine Person nach geltendem deutschen Recht als vermisst gelten kann. Es waren im wesentlichen die gleichen Antworten, die ich schon von

Hanna erfahren hatte.

Zwar würde man meine Anzeige entgegen nehmen und Rias Namen in ein Register eintragen. Hatte ich dann allerdings erwartet, sofort und unverzüglich würde, vielleicht durch eine Spezialtruppe, die Suche beginnen, so wurde ich enttäuscht. Durch meine Meldung bei der Polizei hatte Ria lediglich den Status einer vermissten Person bekommen. Was bedeutete, bei jeder sich bietenden Gelegenheit, auch Suche, würden auch ihre Personalien abgefragt werden.

Also hoffte ich, irgendwann steht Ria vor meiner Tür und dann, nachdem ich geöffnet hatte, käme sie mir mit dem strahlendsten Lächeln der Welt entgegen und sagen:

„Hallo! Da bin ich! War 'mal kurz weg und hatte vergessen, das anzusagen!"
Und wenn ich dann fragte, wo sie war, antwortete sie:

„Das erzähle ich dir später!"

Diesen oder ähnliche Gedanken hatte ich jetzt öfter. Und die Abstände zwischen zwei solchen Vorstellungen wurden kürzer. Das musste ich feststellen. Und außerdem eingestehen, sie fehlte mir von Tag zu Tag mehr...

Außerdem war es für mich sehr bedrückend, darüber nicht mit Hanna sprechen zu können. Ich wollte ihr mein Wehklagen über die verschollene und unerreichbare Freundin nicht zumuten...

Hanna hatte mich bereits gefragt, ob Ria mir sehr viel bedeutete.

„Sie ist ein guter Freund!", antwortete ich wahrheitsgemäß.

Danach sprachen wir nicht mehr über die derzeitige Situation. Auch deshalb nicht, weil ich vermutete, Hanna hegte eine gewisse Eifersucht gegenüber Ria. Sie machte mir keine Szenen und forderte keine Konsequenzen. Wie immer die auch gestaltet sein konnten. Aber ein wenig und stetig war diese Eifersucht schon zu spüren. Nicht mehr und ebenso auch nicht weniger...

Auch wenn Ria, was ich Hanna viele Male erklärt hatte, die Rolle einer platonischen Freundin ausfüllte. Was genau der Wahrheit entsprach.

Nicht 'mal in Zeiten größten Notstands haben Ria und ich uns dazu entschließen können, diese Grundsätze unserer platonischen Beziehung zu verlassen.

Jedoch, Hanna hatte daran so ihre Zweifel...

Und es gelang mir nicht, diese Bedenken zu

zerstreuen.

Darum war es besser, mit ihr nicht das stete Gespräch über die verschwundene Ria zu suchen.

Irgendwann überdachte ich die Ergebnisse meiner Gespräche, nicht nur mit Hanna, und Überlegungen und kam zu dem Ergebnis, dass ich nichts, aber auch wirklich nichts, unternehmen konnte, was mir Ria zurück brachte.

Mir waren die Adressen und Telefonnummern von Ria's Familie ebenso unbekannt wie die jenes Freundes, zu dem Ria und Heiner gefahren waren, um den Jahreswechsel zu feiern.

Auch von Uschi, Heiners Frau, wusste ich nicht mehr als den Namen.

Und Paul, der, wie ich vermutete, über einige Kenntnisse mehr verfügte, hatte sich vor wenigen Tagen verabschiedet um den Frühling auf den Kanarischen Inseln, auf La Gomera, zu begrüßen:

„Damit du dir um mich keine Sorgen machst und vielleicht nicht in den Schlaf kommst, verrate ich dir meine Reisepläne!", waren seine Worte, bevor er seine Sachen packte und zum

Flughafen fuhr.

„Nee, nee! Schon gut. Und gute Reise!",
antwortete ich.

6

In jedem Jahr, Ende Januar oder spätestens Anfang Februar, traf ich mich mit einigen Freunden und Bekannten.
An einem Abend, meistens am Sonnabend im „Silberblick", manchmal auch woanders.

In diesem Jahr wollten wir wieder im „Silberblick" sitzen und das vor einigen Tagen vergangene Jahr Revue passieren lassen und uns gegenseitig alles Gute für das eben erst begonnene Jahr wünschen.

Eigentlich hieß die Gaststätte „Zum Stadtsee". Allerdings, warum die immer und überall nur „Silberblick" genannt wurde, und das seit Jahren, wusste niemand.

Während ich mich mit meinen Leuten traf, so hatte Hanna verkündet, würde sie bei ihrer Mutter das Wochenende verbringen.

„Oder zumindest einen Teil. Am Freitag bin ich dann noch da! Und Sonntag dann schon wieder!", verkündete sie.

Also reservierte Arne für den Sonnabend des ersten Februarwochenendes zwei Tische im „Silberblick". Geschoben, bitte.

„Ja!", sagte er noch einmal, „Geschoben! Nicht gestellt!"

„Wie immer!"

„Ja!", bestätigte Arne und meinte damit, dass die Tische aneinander geschoben waren und nicht separat nebeneinander standen.

Ich wollte vor dem Treffen mit den anderen am See spazieren gehen, meine Gedanken sammeln und sortieren und überdenken.

Mit dem Bus fuhr ich bis zur Endhaltestelle am See und in Sichtweite der Gärten am Kanal. Dann, als ich ausstieg, hätte ich beinahe Ria umgestoßen.

Wir sahen uns an und dann umarmten wir uns lange und fest.

Ich fragte Ria:

„Wo warst du?"

Aber statt einer Antwort forderte sie mich auf:

„Komm! Lass uns ein Stück am See entlang gehen!"

Ria nahm meine Hand und wir gingen so, wie frisch und deshalb schwer verliebte Leute dahin, wo der Kanal und der See aufeinander treffen.

Wir sprachen nicht, gingen nebeneinander und jeder war sich der Besonderheit, den anderen getroffen zu haben, bewusst.

Ria hatte sich jetzt an mich gekuschelt und ich hatte meinen Arm um sie gelegt.

„Ich habe dich vermisst!", sagte sie.

„Wo warst du?", fragte ich erneut.
Ria blieb stehen und zog mich noch näher an sich heran und sagte dann:

„Das mit Heiner ist nicht mehr!"

„Wie?"

„Aus! Vorbei! Ende! Keine Restlaufzeit!"

„Schluss? Aus?", fragte ich.

„Ja!"

„Warum?", fragte ich.

„Wir waren im Oderbruch und haben mit den Leuten dort gemeinsam das neue Jahr begrüßt. Sind übrigens nette Typen!"

„Und dann?"

„Wir blieben noch zwei, drei Tage länger als geplant. Nach der Rückfahrt hat Heiner mich vor meiner Wohnung abgesetzt und gesagt, er würde zu Uschi fahren und sich dann melden!"

„Und?", ich wusste, ab jetzt musste ich von Ria beinahe jedes Wort erfragen. Sie hatte eine Hemmung, Blockade sogar, aufgebaut. Es war ihr nicht möglich, zu berichten. Statt dessen nur auf Fragen, wenn überhaupt, zu antworten. Oft sah sie mich auch nur an und ich hatte die Antwort zu erraten. Zum Glück kannten wir uns lange.

„Am nächsten Tag hat Heiner angerufen. Und gesagt, er würde jetzt wieder bei Uschi wohnen!"

„Nee?"

„Doch! Am Telefon hat er mich vor die sprichwörtliche Tür gesetzt. Was sich nicht gehört. Wie es aber für ihn typisch ist. Bloß keine Konsequenzen! Auseinandersetzungen schon gar nicht!"

„Das", sagte ich und blickte Ria an, „das hatte so, wie er sich verhalten hat, für ihn keine Probleme, oder eine Auseinandersetzung, zur Folge!"

„Hm!"

„Er wusste nicht, wie du reagierst. Da war, möglicherweise, alles zu erwarten. Von nichts tun über Augen auskratzen und bis zum Hals durchschneiden wäre alles möglich gewesen. Zumindest für Heiner!"

„Stimmt! Er ist eben, und das nicht nur aus einigem Abstand betrachtet, ein recht feiger Mensch. Nicht nur wegen dieser Aktion!", Ria nahm erneut meine Hand und wir gingen langsam weiter.

„Wenn ich mich recht erinnere", sagte sie weiter, „dann hat er sich immer vor Entscheidungen und Verantwortungen gedrückt. 'Mach mal!', war eine seiner am häufigsten benutzen Formulierungen."

„Und du hast dann entschieden und Heiner anschließend an die Hand genommen?"

„Ja! Einer, in diesem Fall ich, muss doch voran gehen!"

„Stimmt dann auch wieder!", stellte ich fest.

„Aber wir hatten auch schöne Zeiten miteinander!", sagte Ria und ich merkte, sie wollte mit dieser Bemerkung nicht weiter an Heiner herumkritteln.

„Gut und schlecht wechseln sich häufig ab!" Ohne darauf zu antworten, sagte Ria:

„Ich habe von Heiner auch gelernt. Viel über Bilder und Malerei..."

„Das hat er ja auch gelernt!", ich sah Ria an.

„Ja! Wohl! Warum fragst du das?"

„Es gibt viele gute Künstler, auch Maler, die haben nie eine Ausbildung erfahren."

„Heiner war, wie er mir sagte, akademischer Maler. So sagte man zumindest früher zu den Leuten, die eine entsprechende Ausbildung an der Akademie oder Uni erfahren durften..."

„Sagte Heiner...?"

„Ja!"

Ria sah mich einige Augenblicke etwas ratlos und auch fragend an, dann sagte sie:

„Höre ich da so etwas wie Eifersucht? So'n bisschen wenigstens?"

„Nee, nee! Und im Übrigen, ich kenne Heiner nicht, habe ihn ein- oder zweimal gesehen. Auch einige Bilder. Aber das ist auch vor längerer Zeit gewesen! Und warum sollte ich eifersüchtig sein? Darauf, dass er dich wie ein Stück Möbel ausrangierte?"

Es war mir auch sehr egal, ob Heiner eine künstlerische Ausbildung erfahren hatte. Oder ob nicht.

Und zudem war das im Moment auch unwichtig.

Bemerkenswert und auch für Ria typisch war, dass sie, trotz aller Enttäuschung, auch das Gute in der Beziehung zu Heiner suchte und erklärte.

Das sagte ich ihr auch. Worauf sie erwiderte, dass

„... es wohl nur gerecht ist, wenn ich das sage. Und wer weiß es schon, was die Uschi ihm eingeredet hat"

„Frag' sie doch!"

„Einen Teufel werd' ich tun! Ich mach' 'ne ganze Menge mit und habe auch schon viel erlebt. Du weißt das! Aber die Sache mit Heiner, ich meine, wie das ausging, erhält einen der vorderen Plätze!"

„Hm!", was sollte ich auch weiter dazu sagen.

Wir standen jetzt genau dort, an der Stelle, an der See und Kanal sich trafen.

Auf dem Weg dorthin hatte ich beschlossen, Ria nicht auf Hannas Garten hinzuweisen. Es konnte durchaus geschehen, dass sie im Sommer unangemeldet in der Gartenpforte stand. Das wäre Hanna keineswegs angenehm... Aber so war Ria...

Also sagte ich nichts und blickte nur kurz und hoffentlich unbemerkt zu Hannas Garten, als Ria sagte:

„Hier am Kanal kann man auch schöne und angenehme Sommertage erleben! Hat deine Bekannte hier nicht auch ein Grundstück?"

„Ja! Allerdings auf der anderen Seite. Von hier aus ist das nicht zu sehen. Und es gibt keine Brücke über den Kanal. Wenn du das sehen willst, müssten wir um den See gehen!"

„Da würden wir heute bei Tageslicht aber nicht mehr ankommen!", sagte Ria.

„Stimmt!"

Und damit war diese Angelegenheit besprochen. Und ich konnte sicher sein, Ria würde mit großer Wahrscheinlichkeit nicht wieder nach Hannas Garten fragen. Wenn für

Ria etwas besprochen oder abgeschlossen war, dann wurde dieser Status auch gewahrt und sogar gehütet.

Es war ihr mitunter auch unangenehm, wenn dann, wie oft von anderen Leuten bekannt, noch lange nach dem Abschluss, ein Thema oder eine Begebenheit weiter strapaziert wurden.
So war Ria auch damit zufrieden, dass heute kein Weg zu Hannas Garten führte...

Damit wollte ich es nicht belassen! Ich erklärte ihr noch in der selben Minute, dass:

„...in einer halben Stunde das alljährliche Treffen mit meinen Freunden, reine Männerrunde, beginnt."

„Nee!", antwortete Ria, „Wirklich?"

„Ja! Und darum werde ich jetzt anrufen und Bescheid sagen, ich komme etwas später!"

„Aber du sagst nicht, dass das meinetwegen geschieht!"

„Nein!"

Ria hatte mehr als recht! Es ging niemanden etwas an, warum ich mich verspäten würde und auch nicht, das sie wieder in der Stadt war. Das würde sich noch früh genug herumgesprochen haben. Etwa wie ein Lauffeuer die Runde machen. Oder jedenfalls so ähnlich. Und dann die unterschiedlichsten Kommentare provozieren.

Bestimmte Dinge benötigen Zeit, um akzeptiert zu werden.

Danach sagte Ria, sie würde jetzt in ihre Wohnung fahren, während ich zum Treffen gehe.

„Und wenn du das möchtest, dann kommst du anschließend noch auf ein Glas Wein zu mir. Und wenn's dann ein zweites wird, ist's auch nicht schlimm!"

„Gerne!"

„Ruf vorher an und sag' deiner Bekannten Bescheid!"

„Ja!"

Ria war nicht bekannt, dass Hanna nicht auf mich wartete...

Sie hatte offenbar noch nicht akzeptiert, dass ich mein Leben gegenwärtig mit Hanna teilte. Und das sollte auch noch sehr lange so sein. Stets und besonders häufig sprach sie von „der Bekannten" oder meinte „deine Bekannte" dann, wenn sie Hanna meinte.

Allerdings wusste ich, es war zwecklos, Ria darauf aufmerksam zu machen.

Es konnte durchaus sein, sie antwortete mir mit der ebenso einfachen wie wahren Feststellung:

„Ich habe ältere Rechte! Und bin länger deine Freundin. Zwar nur die platonische, leider. Aber immerhin!"

Was nicht zu leugnen war. Wie bekannt, sind Ria und ich eigentlich schon immer zusammen. Wie wir nicht müde werden, das immer auf's Neue festzustellen.

Und ein Fremder oder weitläufiger Bekannter, der die Verhältnisse nicht genau kennt, würde vielleicht an Bigamie denken.

Das war eine Begründung, die ich so nicht erwartete hatte und Ria sprach weiter von „der Bekannten" und ich legte das in die Schublade mit den kleinen Neckereien ab.

7

Nachdem Ria und ich uns am späten Nachmittag am Kanal verabschiedet hatten, war ich nicht zum Treffen mit meinen Freunden gegangen. Das begründete ich während einem erneuten Anruf mit unvorhergesehenen Widernissen:

„Plötzlich und unerwartet... Aber verlassen hat uns niemand! Ihr versteht...“

Als ich mit Ria am späten Nachmittag am See entlang und zum Kanal ging, hatte ich Hannas Auto, einen dunkelroten Kleinwagen italienischer Herkunft, auf der anderen Seite bemerkt.

Ich war mir ziemlich sicher, dass war Hannas Auto. Denn davon gab es in der Stadt nur zwei Exemplare.

Hannas Auto hatte ein schwarz lackiertes Dach und stand auf der anderen Seite des Kanals.

Zugegeben, es hätte auch das Auto eines Auswärtigen sein können. Aber das schloss ich aus...

Zudem konnte ich beobachten, aus dem

Schornstein von Hannas Haus zog Qualm in den Himmel.

Aber darüber sagte ich Ria nichts...

Ich bestellte ein Taxi und ließ mich um den See und nahe die Gärten auf der anderen Seite bringen.

Ich ließ mich absetzen und bezahlte den Chauffeur. Den Rest des Weges bis zu Hannas Grundstück wollte ich gehen.

Als ich mich dem roten Auto näherte, erkannte ich am Nummernschild, es war tatsächlich Hannas Auto, was dort abgestellt war.

Was auch bedeutete, ich musste jetzt sehr aufmerksam sein. Denn es war nicht ausgeschlossen, dass Hanna mir plötzlich entgegen kommen würde.

Dann hätte ich mich in einen Erklärungsnotstand lanciert!

Das wollte ich vermeiden und bewegte mich vorsichtig und nutzte jede Deckung.

Ich bemerkte, die Fensterläden am Haus waren geschlossen und durch Spalten und Ritzen sah ich Licht. Vermutlich von einer oder mehrerer Kerzen. Aber das war egal.

Jetzt hörte ich Stimmen. Allerdings in der

Hauptsache die tiefe Stimme, beinahe in Basslage, eines Mannes. Und manchmal auch die Stimme einer Frau. Ob das Hanna war, konnte ich nicht zweifelsfrei feststellen. Weil diese Stimme zu wenig benutzt wurde.

Oft nur, um „Ja" oder „Nein" zu sagen.

Ich hatte mich dann hinter das Gebüsch eines Nachbargrundstückes gehockt. Ich konnte die Tür und auch die Fenster des Hauses beobachten und kam mir wie ein Spanner vor...

Dann wurde die Tür geöffnet und in den Lichtschein trat ein Mann. Größer, so meine Vermutung, als ich und wohl auch kräftiger. Er zündete eine Zigarette an und inhalierte mehrere Male den Qualm und schnippte den Rest in den Kanal.

Nachdem die Tür wieder geschlossen worden war, hörte ich Geräusche aus dem Bad und dann wurde das Licht gelöscht und die Tür angeschlossen.

Ich trat aus meiner Deckung hinter dem Gebüsch hervor und um mir das eventuell bald beginnende Lustgestöhn nicht anhören zu müssen, ging ich zum parkenden Auto zurück.

Zumal ich wusste, Hanna verhält sich in derartigen Situationen eher ruhig. Darum hatten Nachbarn, egal wo, auch niemals Anlass für irgendwelches zweideutiges Geschwätz.

Auf dem Weg zu dem roten Auto mit dem schwarzen Dach überlegte ich, ob Hanna das vielleicht ausgeliehen hatte. Möglich war das...

Vielleicht an eine Freundin oder einen Bekannten... Und das Gartenhaus zur Benutzung gleich mit dazu. Gründe dafür gab es genug!

Ich hatte, das überlegte ich ebenfalls, vergessen, den Handy-Test zu machen. Nämlich vom Gebüsch aus Hannas Nummer zu wählen. Das Klingeln wäre mit Sicherheit zu hören gewesen und auch ihre Stimme, wenn sie sich meldete.

Jetzt hatte das keinen Zweck. Nicht mehr, denn das Gerät war mit allergrößter Sicherheit ausgeschaltet und außerdem wäre Hannas Stimme hier, wenige Schritte von ihrem Auto entfernt, nicht zu hören gewesen.

Ich rief mir ein Taxi und ließ mich zu Ria's Wohnung fahren...

Vielleicht würde ich ihr von meinen abendlichen Beobachtungen erzählen...

8

Um neun am Abend rief ich bei Ria an, um ihr zu sagen:

„Ich bin auf dem Weg zu dir. Es ist doch recht, wenn ich noch komme?"

„Ja! Ich habe dich eingeladen!"

Etwa eine Viertelstunde später summte an Rias Haustür die Entriegelung und zwei oder drei Minuten darauf erwartete mich Ria über den Dächern der Stadt.

Ria musste sich nicht weiter erklären. Als sie die Tür geöffnet hatte, sah ich sie einen Moment an und fragte dann:

„Bekomme ich noch ein Glas Wein?"

„Ja! Sicher! Ich habe eine Flasche vorbereitet."

Damit meinte sie, alle Vorbereitungen erledigt zu haben, damit ich die Flasche jetzt öffnen konnte.

Allerdings war ich mir, als ich Ria sah, nicht sicher, ob das richtig war.

Zugegeben, Ria war eine mimisch veranlagte Frau, konnte Szenen und Situationen gut spielen und mitunter auch beherrschen und somit den Betrachter täuschen. Ihm 'was vorflunkern.

Allerdings, ich kannte Ria lange, eigentlich immer, wie sie sagte, um sofort zu bemerken, dass sie Trost durch Rotwein gesucht und auch gefunden hatte.

Wie so oft und vor allem immer dann, wenn es ihr nicht gut ging. Eines war zumindest als mildernder Umstand zu werten:

Ria wurde, je leerer die Flasche dann war, immer friedlicher.

Ich kenne Leute, die werden aggressiv. Ria dagegen friedlich.

„Und nun komm' erst 'mal 'rein! Es geht niemanden etwas an, dass ich um diese Zeit noch Herrenbesuch bekomme!"

Was vielleicht in anderen Häusern zutreffend gewesen wäre. Aber in Rias Haus wohnten zumeist junge Leute. Und die bekommen, bekannterweise, zumeist rund um die Uhr Besuch.

Die Tür hatte ich geschlossen, als Ria mich umarmte und sagte:

„Du hast mir so sehr gefehlt!"

Das war, da bin ich mir heute noch sicher, das war ehrlich gemeint.

In diesem Moment beschloss ich, zumindest heute, ihr nichts von meinen Beobachtungen am Kanal zu sagen. Es war, so meinte ich, so besser.

Ria schob mich ins Wohnzimmer und in den Sessel auf der anderen Seite des Tisches.

Bereits wenige Momente nach dem Betreten ihrer Wohnung spürte ich, hierher war sie wieder zurück- und angekommen.
Wohnungen und Häuser müssen bewohnt sein, um Atmosphäre zu verbreiten.
„Komm' rein, setz' dich und fühl' dich wohl!" Sagte Ria und rückte den Sessel ein wenig hin und her. Und dann war sie plötzlich wieder da. Hatte mich ergriffen und ließ sich fühlen. Diese Vertrautheit zwischen Ria und mir.
„Was haben deine Jungs gesagt?"
„Ich habe nicht viel erklärt. Gleich zu Beginn habe ich angekündigt, nicht lange bleiben zu können. Und keiner hat dagegen geredet!"

Ria wusste, ich mag Rotwein. Nicht nur in der Flasche, sondern auch in einem guten Glas. Darum hielt sie mir eine Flasche entgegen und fragte:
„Der ist richtig?"
„Wenn das der ist, den wir immer..."
„Ja!"
Ria reichte mir die Flasche und meinte, ich soll öffnen und eingießen.
Dann lehnte sie sich zurück und sagte:

„Es ist gut, dass die Wochen und Monate mit Heiner vorbei sind. Ewig und ohne Aussicht auf Veränderung die Zweitfrau zu sein...“

„Hast du das nicht gleich gewusst?“

„Nein, am Beginn nicht. Irgendwann habe ich ihn danach gefragt. Man hat ja bisher schon einige Dinge erlebt!“

„Und, lass mich raten! Heiner hat nicht klipp und klar gesagt, was Sache ist. Sondern, dabei nach Worten suchend, Erklärungen formuliert, dann widerrufen. Solange, bis du ihn nochmals gefragt hast!“

„Stimmt!“

„Dass du nie einen starken Mann hattest!“

„Nun ja, kräftig und stark gebaut waren die meisten Männer! Allerdings, und damit hast du recht, oft schwach im Willen. Aber, und vielleicht kannst du mir das sagen, woher soll ich fast alte Frau, bei der es bis dreißig weiter ist als bis vierzig, so'n richtigen Kerl hernehmen?“,

Ria blickte mich, als sie das sagte, ein wenig traurig und nachdenklich zugleich an, als sie weiter sprach:

„Was soll ich denn machen? Was Vernünftiges, so was wie dich, finde ich nicht. Da ist der Markt leer. Und eintrocknen will ich nicht!“

Darauf hatte ich nichts zu antworten.

Ria nahm ihr Glas, lehnte sich zurück und betrachtete durch den Wein die Kerzenflamme. Nach einigen Augenblicken meinte sie:

„Vor einigen Jahren, fünf oder sechs ist es her, war ich einige Monate mit Hannes zusammen. Dann sprachen wir, während des Rückfluges von Lanzarote, darüber, ob und wann wir zusammen ziehen wollten...“, Ria sah mich an, als sie weiter sprach:

„Dann rief einige Tage nach unserer Rückkehr ein kleiner Junge an und fragte, ob sein Papa bei mir wäre...“, ich reichte Hannes das Telefon und deutete zur Tür.

„Verstehe ich! Wer seine Kinder...“

„Hannes stammelte dann noch 'was von vergessen und irgendwelche ihm genehme Zeitpunkte.. Ich gab ihm genau fünf Minuten, um seine Sachen einzupacken!“

„Und?“

„Den habe ich nie wieder gesehen. Und woher der kleine Junge meine Telefonnummer hatte, frage ich mich noch heute!“

Nach einigen Augenblicken, Ria hatte das Glas wieder auf den Tisch gestellt, sagte sie:

„Mit dem, ich meine mit Hannes, hätte es 'was werden können! Aber wer seine Kinder verleugnet oder vergisst, ist charakterlich, meine ich jedenfalls, nicht voll auf der Höhe!"

„Stimmt! Du hattest mir damals mit nur wenigen Worten davon erzählt!"

„Aber, mein Lieber, als Freundin eines verheirateten Mannes bist du beinahe ausnahmslos die Zweitfrau. Besonders dann, wenn Kinder...", sagte Ria und goss Wein ein, bevor sie weiter sprach:

„Ich weiß allerdings auch nicht, warum man sich das immer wieder antut!"

Ria sah mich so an, als wüsste ich eine Antwort auf diese Feststellung. Schließlich sagte ich und auch, um überhaupt etwas zu sagen:

„Ist das vielleicht erblich?"

„Was ?"

„Die Sache mit den Männern!"

„Das kann ich dir nicht beantworten. Ich weiß, meine Mutter hatte während ihres Lebens nur einen Mann in ihrem Bett. Und das war mein Vater. Als er sie dann nach da", Ria deutete nach oben, „verlassen hatte, blieb die Bettdecke wieder geschlossen."

„Manchmal erzählen sich Mütter und Töchter so etwas!"

„Möglich. Mir hat meine Mutter nur einmal davon erzählt. Mein Vater war einige Jahre älter als sie. Und später sehr krank. Als er sie allein ließ, war meine Mutter wenige älter als fünfzig.

Für heutige Verhältnisse eine junge Frau. Und als ich sie fragte, später, nachdem mein Vater nicht mehr bei uns war, ob sie die weiteren Jahre ihres Lebens alleine verbringen wollte, erklärte sie mir, sie zehr noch von der Liebe meines Vaters. Und die reiche bis an ihr Ende...“

„Ist das auch so?“

„Ja!“

„Bemerkenswert!“

„Und warum müssen es bei mir immer diese mit Problemen belasteten Typen sein? Die hätten nicht heiraten sollen. Und Kinder erst recht nicht in die Welt setzen. Allenfalls später. Dann, wenn sie im Leben angekommen sind und sich ausgetobt haben...“, Ria sah mich erneut fragend an, bevor sie weiter sprach:

„Diese Jungs, egal ob jung oder alt, so halbwilde Typen, die eine Frau umgarnen, die einen besinnungslos vögeln, bevor sie anschließend wie ein Häufchen Unglück ihr Leben ausbreiten...“

„Solche Frauen gibt's allerdings auch!“, erwiderte ich und sah zu Ria.

Die hatte sich mit angezogenen Beinen in ihren Sessel zurückgezogen. Sie war wohl sehr zufrieden. Was ich ihr auch sagte.

„Weil du da bist. Das mit Heiner war zum

Schluss nicht mehr schön!"

„Doch danach wollte ich nicht fragen. Jedenfalls nicht heute und in dieser Stunde. Irgendwann, wenn sie das wollte, würde Ria mir darüber berichten.

Und wenn sie das nicht machte, würde die Welt sich auch weiterdrehen...

Ria goss uns Rotwein ein. Ich bemerkte erneut, sie war nicht betrunken, hatte allerdings, als sie vorhin allein war, vielleicht ein Glas zuviel getrunken...
War, wie man manchmal so sagt, etwas 'angenaschelt'. Nur ein wenig...

„Hat Heiner sich später bei dir noch 'mal gemeldet? Ich meine, als du bereits wieder hier warst?"

„Nein. Und das hätte ich auch nicht gewollt, dass wir miteinander sprechen oder er hierher kommt...", Ria sah mich an, bevor sie weiter sprach:

„Diese ewigen letzten Aussprachen, Erklärungen, Besprechungen... Er hat sich entschieden... Ist zu Uschi zurück! Was gibt's da weiter und überhaupt noch zu besprechen und zu erklären?"

„Stimmt!"
Ria sah mich an und dann fragte sie:

„Und wo warst du? Ich habe oft versucht, dich zu erreichen."

„Ich weiß! Auf dem Display habe ich einige Male deine Nummer gesehen!"

„Und nicht abgenommen!"

„Nee! Nicht 'ran gegangen! Ich weiß, das war nicht in Ordnung. Ist aber jetzt nicht mehr zu ändern!"

Dann sagte ich zu Ria:

„Ich kenne derartige Situationen und kann viel von dem, was du mir gesagt hast, verstehen!"

Ria antwortete nicht und sagte statt dessen:

„Ich bin dann zu meiner Mutter gefahren. Hätte ich ohnehin getan. Wie jedes Jahr am zweiten oder dritten Januar. Und bin dann einige Tage länger geblieben und dann noch eine Woche am Meer gewesen. Seit vorigen Freitag bin ich wieder hier und nur am Abend 'raus gegangen. Dass mich keiner sieht!"

„Und einkaufen?", fragte ich, „Wo warst du einkaufen?"

„Hab' aus dem Kühlschrank gelebt!"

„Aha!"

„Dass wir uns getroffen haben, war Zufall. Aber ich hätte mich auf alle Fälle an einem der nächsten Tage bei dir gemeldet!"

„Sicher?"

„Na klar! Sehr sicher!", antwortete Ria ohne zu zögern.

Ich blickte Ria einige Momente an und sagte dann weiter:

„Manchmal haben die Dinge ihren eigenen Lauf. Und den kann keiner, kein Mensch, vorhersehen!"

„Ja! Mag sein! Beeinflussen kann man vieles nicht! Übrigens"; Ria blickte mich an, „bei meiner Mutter habe ich begonnen, über die Zeit mit Heiner zu schreiben. Irgendwo habe ich gelesen, es soll der Seele gut tun, wenn man Erlebnisse aufschreibt. Besonders dann, wenn es um Beziehungsprobleme geht, die auf dem Innersten drücken. Schreiben entlastet die Seele!"

Und nach einigen Augenblicken fügte Ria, etwas leiser gesprochen, hinzu:

„Ist schon ein wenig zu spüren!"

„Dann mach' weiter!", forderte ich Ria auf und goss uns Wein ein.
Wir prosteten uns zu und dann fragte Ria:

„Kannst du bei mir bleiben? Ich meine heute. Ich mach' dir das Bett im Wohnzimmer."

„Ja!", antwortete ich, ohne zu zögern, „Und das übrigens gern. Ist dann so, wie früher!"

„Stimmt!“, antwortete Ria und ich bemerkte, ihr Gesicht begann Ruhe auszustrahlen und war nicht mehr so hart anzusehen.

Was verständlich war. Sie hatte mich in ihrer Nähe und Hanna war weit weg. Und außerdem war die für sie am Ende nicht mehr harmonische Beziehung mit Heiner überstanden und Vergangenheit.

Ria begann, wieder Boden unter die Füße zu bekommen.

Es drängte mich, Ria über meine Beobachtungen am Kanal zu informieren. Andererseits hatte ich beschlossen, erst einmal mit Hanna darüber zu sprechen...

Es war schwer für mich, über diese Begebenheit zu schweigen.

Dann sagte Ria:

„Übrigens, Heiner wollte keine Kinder. Jedenfalls keine kleinen!“

„Nun ja, der jüngste unserer Zeitgenossen ist er ja auch nicht mehr!“

„Stimmt! Allerdings dennoch ein standhafter Bettgenosse...“

„Du meinst, er konnte gut...“

„Ja!“, Ria hatte mir mit ihrer Antwort in meinen Satz gesprochen, „Und lange!“

„Dazu müssen sich auch beide ergänzen. Den anderen herausfordern!“

„Ich bin bestimmt keine lahme Ente!", Ria grinste mich an.

„Das kann ich nicht einschätzen!", antwortete ich und hoffte, Ria würde symbolischen Ball auffangen und nicht zurück spielen. Doch sie meinte mit ernstem Blick:

„Was zu beweisen wäre!"

Und deshalb, genau deshalb erzählte ich nichts von meinen Beobachtungen am Kanal. Denn unsere platonische Beziehung bestand auch deshalb so gut, weil stets der eine oder andere von uns in einer anderen Beziehung lebte. Und deshalb eine andere Beziehung als eine platonische nicht in Frage kam.

Allerdings, jetzt könnte die Situation anders sein. Ria war unbemannt und Hanna stand offensichtlich nicht mehr neben mir. Das war jedenfalls zu vermuten. Möglicherweise. Dennoch wollte ich Ria's und mein 'Duo Harmonie' erhalten. Eigentlich den Status nicht ändern. Andererseits war ich mir sicher, Ria und ich würden nach kurzer Zeit, vielleicht waren zwei oder drei Übungen erforderlich, auch unter der Bettdecke miteinander harmonisieren.

Wie man gemeinsam in einem Bett liegt und schläft, hatten wir bekannterweise bereits erprobt. Erfolgreich erprobt.

Ich erinnerte mich daran, als Ria mir vor

einigen Jahren angedeutet hatte, sie wäre, allerdings nur mit mir, zuweilen durchaus daran interessiert, mit mir die Bettdecke mehr als nur zum Zudecken zu teilen, um Zeiten eines gewissen Notstands zu überbrücken...

„Oder, meine Liebe, um es mit anderen Worten zu sagen, jeder wäre dann des anderen Ersatzbefriediger?", fragte ich.

„So sollte man das nicht sehen!", entgegnete Ria.

„Ich sehe es aber so! Aushilfe möchte ich nicht sein!"

Wir haben dann nie wieder so offen diese Variante unserer Gemeinsamkeit besprochen.

Aber Ria musste von dieser Vorstellung, eine Nothilfe, mich, zu haben, fasziniert gewesen sein. Zumal ich wusste, dass sie gern und oft...

„Na, schläfst du mit offenen Augen?", Ria stand neben mir und beendete den Ausflug meiner Gedanken, „Wir sollten schlafen gehen. Ich mache dir dann das Bett im Wohnzimmer!"

„Ja! Gern!"

Ich kam aus dem Bad und Ria stand, mit einem bodenlangen Nachthemd bekleidet, vor mir.

„Ich habe gewartet!", sagte sie und

entschwebte elfengleich, um sich für die Nacht vorzubereiten.

Ich wusste genau, in einer halben Stunde würde Ria vor meinem Bett stehen, Bettdecke und Kopfkissen unter'm Arm und mir erklären, sie kann nicht schlafen.

Solche Situationen hatten Ria und ich schon oft erlebt: Entweder war ich Schlafgast bei ihr oder sie bei mir. Und hatten, wie selbstverständlich während der zurückliegenden Jahre uns inzwischen vertraute Rituale entwickelt.

Wie bei einem schon immer verheirateten Ehepaar.

Dazu gehörte, dass ich als erster ins Bad ging. Warum das so war? Wer weiß... das war eben so! Und wenn ich dann, für die Nacht vorbereitet, aus dem Badezimmer kam, erklärte Ria oft, sie hätte so lange gewartet.

Dann öffnete ich Fenster oder die Balkontür und ließ die Nachtfrische Luft in das Zimmer.

Hörte ich Ria auf dem Flur, schloss ich Fenster oder Balkontür und sie erklärte mir ein jedes Mal, ihr wäre jetzt kalt.

Nachdem ich sie dann unter ihre Bettdecke geschickt hatte, kuschelte ich sie ein und wünschte ihr eine geruhsame Nacht..

Die Türen zu unseren Zimmern sollten

geöffnet sein, denn Ria meinte, sie müsse mich hören.

Jeder Mensch braucht nicht nur Liebe und Zuwendung, sondern auch feste Rituale, Gewohnheiten, an denen er sich orientiert. Sie sind ein Fels in der Brandung des Lebens. So, wie ein Leuchtturm den Schiffen ihren Weg weist und vor Gefahren warnt.

Ich legte mich auf die Couch im Wohnzimmer und noch während ich mich zurecht legte und einkuschelte, hatte der Schlaf mich in seine Arme genommen.

*

Ich merkte nicht, wann Ria mit Bettdecke und Kopfkissen zu mir kam. Weil ich immer mit dem Rücken dicht an der Wand schlief, war vor mir noch genügend Platz. Und genau da lag Ria, als ich irgendwann im Morgengrauen erwachte und zur Toilette wollte.

Das Kommen von Ria hatte ich erahnt. Und so wunderte es mich auch nicht, dass sie jetzt neben mir lag, fest eingekuschelt in ihre Bettdecke.

Und ich musste einige akrobatische Übungen

machen, um aus dem Bett zu kommen. Schließlich gelang mir das, weil ich über die Lehne kletterte. Ich war ebenso vorsichtig wie leise. Dennoch flüsterte Ria mir zu:

„Nicht weggehen!"

„Bin gleich wieder da!"

Als ich zurück kam und mich nach einigen akrobatischen Übungen wieder unter meine Bettdecke gelegt hatte, rückte Ria sehr dicht an mich heran, legte ihre Hand auf mich und sagte leise:

„Du hast mir gefehlt!"

*

Wir erwachten am späten Morgen. Wenige Minuten vor halb neun.

Davor, noch im Halbschlaf, vor dem Aufwachen, spürte ich, dass Ria mich beobachtete.

Als ich dann die Augen öffnete, blickte ich in ihr Gesicht.

Ich weiß nicht, wie oft wir schon so nebeneinander aufgewacht waren, aber in diesem Moment empfand ich das als etwas Besonderes.

Wir hatten uns wieder gefunden und erlebten das sehr gern.

„Guten Morgen!", wünschten wir uns nahezu gleichzeitig.

Ohne weitere Worte zu sagen, lagen wir, jeder in seine Bettdecke gerollt, nebeneinander.

Dann, nach einer ungefähren halben Stunde, meinte Ria:

„Ich stehe auf und mache für uns das Frühstück. Wir müssen den Tag beginnen!"

Und so wie am Vorabend, als wir uns für die Nacht vorbereiteten, die Besuche im Bad und das Weitere, erfolgten nach einem genau festgelegten Plan.

Ria ging in die Küche, ich räumte mein Bett zusammen und ging anschließend ins Bad. Dann kleidete ich mich an und anschließend kochte ich in der Küche Kaffee und Eier. Derweil war Ria im Badezimmer.

Und als wir uns am Frühstückstisch trafen, sagte Ria:

„Wie bei einem älteren Ehepaar. Nur, das wir uns noch nicht mit 'Mutti' und 'Vati' ansprechen!"

„Hätten wir vor Jahren, damals, als wir 'mal darüber gesprochen haben, geheiratet, würde das so wohl zutreffen!", sagte ich.

„Hoffentlich ohne 'Mutti' und 'Vati'!"

„Da bin ich mir sehr sicher!", antwortete ich und blickte Ria an.

„Aber, ob wir dann noch gemeinsam frühstückten?", Ria sah mich fragend an.

„Wer weiß..."

Später sagte ich zu Ria:

„Könntest du bitte verleugnen, dass ich bei dir war? Egal, wer danach fragen sollte!"

„Darauf kannst du dich verlassen!"

„Aber", sagte Ria dann, „ich meine, die Beziehung mit deiner Bekannten Hanna gibt es nicht mehr lange!"

„Kann sein! Weiß nicht!"

„Wer sollte sonst nach deinem Verbleib fragen?"

*

Auf dem Weg in meine Wohnung, als ich um die Ecke gegangen war, sah ich Hannas Auto, das rote mit dem schwarzen Dach, vor dem Haus stehen, in dem ich wohnte.

Hanna würde auf mich warten und nicht hinnehmen, dass ich am Vormittag von einem Abend mit meinen Freunden nach Hause komme.

Zumal ich nicht vorhatte, ihr von Ria zu erzählen...

Vielleicht fragte Hanna auch nicht...

Als ich die Wohnungstür öffnete, bemerkte ich, es war niemand anwesend. Ich fand auch keinen Hinweis darauf, dass Hanna, wer sonst, während der letzten Stunden anwesend gewesen war.

Warum sollte Hanna in meiner Wohnung sein? Vor Weihnachten hatte ich ihr einen Wohnungsschlüssel mit dem Hinweis „Falls 'mal 'was sein sollte!" anvertraut. Aber Hanna wollte, jedenfalls zunächst, in ihrer eigenen und vertrauten Umgebung wohnen.

Und warum stand dann das Auto vor der Tür meines Hauses?

Ich begann, mein Zuhause wieder zu bewohnen. Das Küchenfenster angekippt, alle Türen geöffnet, Radio angeschaltet.

Dann klingelte mein Handy und Hanna fragte mich, ob ich bereits wach bin.

„Sonst würde ich wohl kaum deinen Anruf entgegen genommen haben!"

„Stimmt!"

„Warum steht dein Auto vor meiner Haustür?"

„Bei mir ist kein Platz!"

„Warst du gestern noch 'mal weg?", fragte ich.

„Ja, im Garten!", antwortete Hanna mit der vermutlich unschuldigsten Stimme der Welt.

„Aha. Und, alles in Ordnung?", fragte ich.

„Ja! Ist Ria wieder im Lande?"

„Weiß ich nicht. Warum fragst du mich das? Sie hätte sich mit Sicherheit bei mir gemeldet!"

„Ich meinte, sie gestern am Bus gesehen zu haben. Draußen am Kanal!"

„Aha!"

„Und wie war der Abend?", fragte Hanna dann.

„Gut. Gegessen und getrunken und geredet. Von früher und von uns."

„Muss auch 'mal sein!"

„Und bevor ich zu meinem Termin gegangen bin, war ich am Kanal noch ein Stück spazieren. Da habe ich dein Auto gesehen und Licht durch die Fensterläden!"

Was auch der Wahrheit entsprach, bis auf die Tatsache, dass ich nicht zu meinen Freunden gegangen bin. Und Hanna antwortete:

„Ich habe 'was gesucht. Und als ich in's Haus kam, den Ofen geheizt. War so klamm in den Räumen. Lüften wäre wohl besser gewesen...!"

„Ja! Sicher! Wann kommst du?", fragte ich, „Oder soll ich zu dir..."

„Ich habe mir Arbeit mit nach Hause genommen..."

„Jetzt, am Sonntagabend? Also sehen wir uns heute nicht?"

108

„Nein Aber schade ist's!"

Verschiedene Nebengeräusche ließen mich daran zweifeln, dass Hanna in ihrer Wohnung war. Ich fragte:

„Bist du im Windkanal?"

„Nee. Warum sollte das sein?"

„Hört sich so an. Wie kräftiger Wind."

„Ich stehe am offenen Fenster!", antwortete Hanna.

Und mit dieser Antwort konnte ich nun zufrieden sein. Oder nicht. Doch ich sagte nur:

„Für dich, trotz der Arbeit, einen angenehmen Abend und träume 'was schönes! Und mach' das Fenster zu! Übrigens, der Akku meines Handys ist gleich leer!", ich drückte die rote Taste und beendete das Gespräch. Aber nur, um mich einige Minuten später von meinem Festnetz in das von Hanna einzuwählen.

Weil der Anruf nicht entgegen genommen wurde, vermutete ich, Hanna war nicht zu Hause. Entweder schon während unseres Telefonates oder danach gegangen. Wer weiß...
Darum wählte ich ich Hannas Handy-Nummer und nachdem ich das inzwischen obligatorische „Ja!" gehört hatte, sagte ich:

„Ich wollte dir noch eine gute und ruhige Nacht wünschen!"

„Danke! Auch für dich!"

Danach hatte Hanna den roten Knopf gedrückt und ich wusste, sie hatte nicht die Wahrheit gesagt. Nicht während unseres ersten Gespräches und auch nicht soeben. Denn zwischen den Sätzen und Wünschen für eine gute Nacht hörte ich die Stimme eines Mannes, der irgendetwas fragte.

Was er wissen wollte, war allerdings nicht zu verstehen.

Ich wusste nicht, wie ich diese Situation zu bewerten hatte und momentan ebenso nicht, was ich machen sollte.

Ich war nur verwundert, wie man nur so unverschämt lügen und flunkern konnte. Ich war Hanna doch nicht zu nahe getreten!

Dann fragte ich mich, ob es in Ordnung wäre, Hanna zu beobachten, ihr nachzustellen und alles, was ich wusste und gesehen hatte, zu sagen. Auch, dass ich eine Stimme vernommen hatte. Egal, wer das war.

Mit Ria wollte ich über diese Sache nicht sprechen. Ihr auch nicht meine Beobachtungen am Gartenhaus mitteilen.

Zumindest nicht dieses Mal.

Ich wusste, was sie von Männern hält, die ihr Leben nicht alleine geregelt bekommen. Darum befürchtete ich, diese Situation mit Hanna könnte Ria vielleicht als Beleg für eine eventuelle Lebensuntüchtigkeit werten: „Dem läuft unter seinen Augen die Frau weg!"

Ich ging zu dem Haus, in dem Hanna wohnte und ließ in meiner Wohnung das Licht an. Die Zeitschaltuhr hatte ich so programmiert, dass wenig nach zehn Uhr am Abend das Licht gelöscht wurde.

Auf der Straße bemerkte ich, Hannas Auto stand nicht mehr an der Stelle, an der es noch vor etwas mehr als einer Stunde parkte.

Wenig später sah ich, die Fenster von Hannas Wohnung waren dunkel.

Mit einem Taxi ließ ich mich zum See fahren und etwa an der Stelle absetzen, von der aus ich Hannas Auto sehen konnte.

Ich bat den Fahrer, mich in etwa einer Stunde wieder abzuholen,

„Gerne! Rufen Sie mich an!"

Ich bezahlte, stieg aus und wartete, bis das Taxi weggefahren war. Es ging den Fahrer nichts an, was ich hier am See und Kanal wollte.

Dann ging ich zu den Gärten und sah hinter den geschlossenen Fensterläden von Hannas Haus Licht. Ich vermutete, von Kerzen.

Als ich etwas näher kam, konnte ich Stimmen hören und war mir sehr sicher, die des Mannes hatte ich gestern schon vernommen. Bald konnte ich auch Hanna hören, die auf den Mann einredete. Jedenfalls wollte es mir so erscheinen.

Ich versteckte mich so, dass ich das Haus weiter beobachten konnte, ohne gesehen zu werden und wählte Hannas Handy-Nummer. Allerdings nicht von meinem zur Zeit benutzten Telefon. Ich hatte das Gerät mitgenommen, welches ich vor meiner Zeit mit Hanna benutzte.

Als Hanna sich gemeldet hatte, es war zweifelsfrei ihre Stimme, die ich hörte, steckte ich das Handy in die Tasche meiner Jacke und unterbrach die Verbindung nach drei oder vier weiteren „Hallo"-Rufen von Hanna.

Nachdem ich mir nach einigen Minuten sicher war, die Haustür würde nicht geöffnet werden, ging ich zu der Stelle, an der mich das Taxi abholen sollte und rief den Fahrer wie verabredet an.

9

Ich ließ mich zu Ria fahren und hoffte, sie würde zu Hause sein und dann auch Zeit für mich haben. Ich wollte bei ihr sein, ohne Wunden zu lecken. Nur in ihrer Nähe sein. Sie war mir noch immer die liebste Freundin.

Wenn auch, und in diesem Moment meinte ich es ernst, wenn ich dachte, leider nur platonische Freundin! Aber vielleicht auch deshalb?

Ich rief Ria an und fragte, ob ich kommen dürfte.

„Jederzeit! Immer! Du immer! Ist was nicht in Ordnung?"

„Nee! Ich will dich sehen!"

„Danke! Bis gleich!"

Als Ria mir öffnete, erkannte ich sofort, sie war in bester Laune und Stimmung.
Wenn man sich so lange kennt...

„Komm 'rein!", Ria nahm meine Jacke und legte sie ab. Dann kam sie sehr nahe an mich heran und sagte leise:

„Schön, dass du gekommen bist!"
Als ich Ria sah, wurde ich in meinem Vorsatz bestärkt, ihr von meinen Beobachtungen am

Kanal, sowohl gestern als auch heute, nichts zu sagen.

Ich wollte ihre gute Stimmung und die Tatsache, dass sie wieder auf dem Weg zu sich selbst war, nicht zerstören...

„Ich hätte dich ohnehin in den nächsten Tagen", hörte ich Ria sagen, „um Zeit für mich gebeten!"

„Muss ich mir Sorgen machen?", fragte ich.

„Nein, nein!", Ria winkte ab und schob mich in's Zimmer, „Keinesfalls!"

Sie holte Rotwein und Gläser, dazu eine Karaffe mit kaltem Leitungswasser und sah mich an.

„Vorbereitet?", fragte ich.

„Ja! Vorbereitet!"

Ich öffnete die Flasche, goss Wein in die Gläser und stellte eins an Ria's Platz, der Couch gegenüber.

Ria suchte nach Worten, die geeignet waren, mir das Problem, welches sie bewegte, zu erklären.

Dabei wollte ich sie nicht stören. Auch nicht, indem ich sie wortlos anblickte und mit Blicken zum reden aufforderte.

Obwohl Ria, zugegebenermaßen, so wollte es mir erscheinen, heute besonders attraktiv war. Oder hatte ich nur diesen Eindruck?

Hanna hingegen legte auf feminine Äußerlichkeiten selten Wert und machte meistens den Eindruck einer rustikalen Pfadfinderin.

Allerdings, Ria hatte auch kein frauliches und schon gar nicht muttihaftes Auftreten. Sie war, um Bernhard Kellermann zu bemühen, eine Vollfrau. Und das wusste sie und pflegte dieses Image.

„Weißt du", sagte Ria, „seit der Sache mit Heiner denke ich über viele Dinge nach und habe zu manchen auch eine andere Meinung gefunden!"

Ria sagte tatsächlich „Sache" und nicht „Beziehung". Oder ähnliches.

„Du hattest bereits erwähnt, es war während dieser Zeit nicht alles schlecht!"

„Ja!", bestätigte Ria.

Ich blickte Ria an und spürte, sie suchte noch immer nach Worten.

Doch Ria sprach nicht weiter, sondern blickte in ihr Rotweinglas, dass sie in den Händen drehte.

Dann, nach quälend langen Augenblicken, sagte sie:

„Ich hatte dir schon gesagt, für mich ist es bis zur vier kürzer als der bis zur drei in meiner Altersangabe..."

„Ja! Und jetzt willst du mir doch nicht auch noch erklären, eine alte Frau zu sein?"

„Noch bin ich das nicht, Aber bald. Wahrscheinlich eher, als mir lieb ist!"

„Obwohl ich dich nie danach gefragt habe", sagte ich, „aber kann es sein, du hast dir deine biologische Uhr angesehen?"

„Das ist sehr direkt! Aber du darfst das so fragen! Jemand anderes müsste jetzt gehen! Und, es stimmt, ich hatte zu dieser Uhr, von der alle Welt redet, in der Woche, als ich nach der Sache mit Heiner am Meer war, das erste Mal Kontakt. Wenn ich das so sagen sollte!"

„Aha!"

„Ja! Und ich habe das Ticken nicht nur einmal vernommen. Dann, wenn ich am Abend allein in meinem Bett lag, war da diese Uhr zu hören. Ich bin bald verrückt geworden! Dieses ewige und manchmal laute tick-tack-tick-tack. Wie aus dem Nichts dieses Klicken und Ticken. Und das Nichts gibt es bekanntlich nicht...!"

„Nee! Und was hat das zu bedeuten? Hast du Angst vor schweren Krankheiten? Dann gehe zum Arzt und lass dich untersuchen.. durchchecken, wie es heute genannt wird!"

„War ich schon!"

„Und?"

„Alles in Ordnung! Blutwerte, EKG, alles in

Ordnung. Ich bin der gesündeste Mensch. Mit einigen altersbedingten Abnutzungen...!

„So?"

„Für's Lesen soll ich mir 'ne Brille besorgen. Und Einlagen für die Schuhe...!"

„Hackschuh' mit Einlagen!"

„Nee, das nicht! Aber so für die Leisetreter!"

Ich wusste, Ria liebte die, wie sie sagte, Hackschuh' über alles. Und je höher, desto besser! Sie besaß wohl zwei oder drei Dutzend davon...

„Nein, nein! Körperlich ist alles in Ordnung! Aber die Seele, mein Lieber, die Seele will gestreichelt werden!"

„Nach all' dem, was du mit ihm erlebt hast, war wohl Heiner nicht der geeignete Mensch für die Genesung deiner Seele."

„Nee, bestimmt nicht. Aber das haben wir ja bereits besprochen. Mit meiner Mutter habe ich ebenfalls darüber gesprochen. Sie meinte, was mir fehlt, ist ein richtiger Mann und ein, vielleicht auch zwei, Kinder. Ich wäre zu oft allein."

„Deine Mutter ist eine kluge Frau!"

„Du kennst sie doch nicht!"

„Doch!"

Ria blickte mich staunend an und fragte:

„Woher?"

„Du hast mir so oft von ihr und über sie berichtet! Und was sie dir gesagt hat, ist wohl von der Wahrheit auch nicht so weit entfernt!"
Ria sah zu mir und sagte dann:

„Stimmt! Aber woher soll ich denn nun Mann und Kinder nehmen? Das haben wir auch schon -zig Mal beredet. Mal mehr und dann wieder weniger ausführlich!"

„Ja!"

„Und in die Zeitung will ich nicht!"

Mir brannte es unter den Nägeln, Ria meine Beobachtungen im Gartenhaus mitzuteilen. Doch ich tat es nicht. Sagte kein Wort und machte auch nicht dementsprechende Andeutungen. Nicht mit einer Silbe.

Ich ahnte wohl, Ria hätte mich in dieser Nacht aufgefressen...

Es wäre das erste Mal seit vielen Jahren, dass wir beide nicht in Beziehungen lebten. Denn das Zusammenleben mit Hanna war wegen ihrer Besuche im Gartenhaus de facto Geschichte. Meinte ich jedenfalls...

Doch das wollte ich Ria nicht erklären...

Auch war sowohl Ria als auch mir mehr als bewusst, das Ende unserer glücklichen platonischen Beziehung konnte nicht in jedem Fall der Beginn einer ebenso glücklichen

Liebesbeziehung sein. Es konnte auch sehr gründlich im Gegenteil enden... Denn, der Alltag ist mitunter grausam. Das wussten wir nur allzu gut und genau.

Übrigens, bereits seit längerer Zeit...

„Sicher ist es für mich kein Problem"; hörte ich Ria's Stimme, „mir bei der nächsten Gelegenheit jemanden ins Bett zu holen. Und was wir dann da machen, brauche ich dir nicht zu erklären..:"

„Nee, bestimmt nicht!"

„Aber von einem Kneipenphilosophen will ich kein Kind bekommen. Und außerdem will ich einen Vater, einen Papa für mein Kind, an meiner Seite..."

„Eine Mutter kann nicht den Vater ersetzen und eine Vater nicht die Mutter. Ein Kind braucht beide Eltern..."

„Meine Mutter meint, es gibt Dinge, die kann nur eine Mutter einem Kind richtig vermitteln. Und dann gibt es Dinge, da wird dringend ein Vater benötigt. So lebenspraktische Dinge...", Ria sah mich an, bevor sie weiter sprach, „wie ein kleiner Junge lernt, an einen Baum zu pinkeln..."

„Zum Beispiel..."

„Ein richtiger Mann, der auch bereit ist, Vater

zu sein, muss her! Kein großer Junge!", Ria sah mich wieder an. Diesmal sehr lange und sehr aufmerksam.

Ich beobachtete, dass Ria, während sie zu mir die letzten Sätze gesprochen hatte, sehr in sich gekehrt war.

Und dann, als ich meinte, die Stille im Raum wäre in alle Ecken und Winkel, unter jedes Möbelstück und unter jede Decke gekrochen, begann Ria leise, sehr leise, zu sprechen. Sie sagte:

„Ich weiß nicht...äh...ich habe mir überlegt... Ach Quatsch!"

Und wieder umgab uns jetzt Stille und Ruhe. Nach einigen Augenblicken, während der ich spürte, Ria war sehr bewegt und wollte etwas sehr bedeutendes sagen, begann sie erneut, zu sprechen:

„Könntest du dir vorstellen... wäre es möglich? Ich meine, wärst du bereit, mit mir ein Baby in die Welt zu setzen?"

Jetzt hatte Ria die für sie bedeutende Frage an mich gerichtet! Ich wusste nicht, wie ich reagieren, ob ich lachen oder weinen sollte!

Statt dessen stand ich auf und ging zu Ria, die inzwischen aus dem Fenster blickte. Ich nahm sie in den Arm und sie legte ihren Kopf auf meine Schulter.

Ohne ein Wort zu sagen, standen wir so beieinander.

Lange, sehr lange, standen wir am Fenster... Und dann sagte ich zu Ria:

„Das müssen wir aber nicht jetzt besprechen?"

„Nein! Nicht jetzt! Und wenn du das nicht möchtest, dann brauchen wir darüber auch nie wieder zu sprechen. Dann ist es eben so!"

Ria löste sich aus meiner Umarmung und setzte sich wieder. Ich blieb am Fenster stehen und Ria blickte mich an, als hätte sie mir soeben etwas gestanden, was ich bisher noch nicht wusste. Eine Affäre etwa unter verheirateten Leuten. Was ja in gewisser Weise auch zutreffend war...

Mir war klar, was Ria mir mit ihrem Wunsch nach einem Baby anvertraut hatte, war für sie eine sehr ernste Angelegenheit. Und in diesem Zusammenhang wurde ihr ebenso sehr deutlich bewusst, dass sie es in den vergangenen Jahren versäumt hatte, den einen und richtigen Mann festzuhalten.

Warum auch immer das geschehen ist...

Das musste sie wieder einmal sehr schmerzlich

gespürt haben, als ihre Zeit mit Heiner sich dem Ende näherte. Doch das war nur eine Vermutung. Überlegt in wenigen Minuten.

Ich spürte, es war jetzt nicht die Stunde, um irgendwelche Regularien, oder nennen wir es so, Bedingungen, zu besprechen.

Jedoch, ich wollte Ria's Frage nicht unbeantwortet lassen!

Auch konnte ich mir vorstellen, ihrem Wunsch nachzukommen und mit Ria ein Baby zu haben. Ich würde das Kleine in guten Händen wissen...

Und, was sagte unsere platonische Liebe zu Ria's Wunsch?

So viele Fragen und noch mehr würden bestimmt dazu kommen. Dessen war ich mir sicher.

Ich ging zu Ria und hockte mich neben ihren Sessel. Dann sagte ich leise und blickte sie dabei an:

„Ich bin dir nicht böse, dass du diesen Wunsch geäußert hast. Es ändert sich zwischen uns nichts! Kein bisschen!"
Ria sah mich an und sagte leise:

„Danke!"

„Mach' dir keine Gedanken! Ich kann dich sehr gut verstehen! Und wenn wir uns entschließen, gemeinsam Mutter und Vater zu werden, sollten vorher noch einige Dinge besprochen werden."

„Ja!"

„Aber nicht jetzt und heute!"

„Nee!"

Ich erhob mich und ging wieder zum Fenster. Und nach eine Weile, während der ich über die Dächer der Stadt geschaut und nichts Neues entdeckt hatte, sagte ich zu Ria:

„Ich hab' morgen viel vor! Das beginnt bereits dann, wenn es noch dunkel ist!"

„Ja!"

Es sei bemerkt, ich hatte nichts vor. Und am frühen Morgen schon gar nicht. Nur meine normale Arbeit sollte erledigt werden.

Ich wollte heute nicht bei Ria bleiben. Was vielleicht auch zu verstehen war.

10

In dieser Nacht nach dem Besuch bei Ria lag ich lange wach in meinem Bett. Zunächst wendete ich mich von der einen auf die andere Seite.

Und als der Schlaf mich dann endlich in seine Arme genommen hatte, währte das nur etwas mehr als zwei Stunden.

Dann lag ich erneut wach, hellwach, und schlief erst wieder ein, als die ersten Frühaufsteher zum Bäcker, drei Häuser weiter, gingen.

An diesem Montag wachte ich sehr spät auf. Sogleich dachte ich darüber nach, was ich Ria auf ihre Bitte nach einem Baby antworten sollte.

Zugegeben, ich konnte ihre Gedanken und auch ihre Bitte verstehen und akzeptieren.

Und, vielleicht ist es auch etwas Freiheit allein lebender Frauen, sich einen Vater für das Kind, das sie bekommen möchten, zu wählen. Manchmal auch, ohne dem Mann davon etwas zu sagen. Verheiratete haben das mit der Eheschließung geklärt. Jedenfalls meistens. Dennoch, ein Kuckuck kann überall rufen...

Jedoch wollte ich keinesfalls Ria's Notlösung

sein. Weil sie nicht in der Lage war oder das nicht wollte, einem Mann in ihrem Leben Platz zu bieten.

Es gab einige Gründe, nennen wir es auch Argumente, die waren für mich Voraussetzung dafür, Ria's Bitte zu erfüllen.

Das Kind hatte es verdient, dass sein Entstehen mit sehr viel Spontaneität auf natürliche Weise erfolgte. Zu einem Arzt zu gehen und ihn um Hilfe bitten, war für mich nicht vorstellbar.

Darüber hatten wir, allerdings in einem anderen Zusammenhang, gesprochen. Und Ria hatte mir ohne Zögern erklärt:

„Ich möchte ein Kind gemacht bekommen! Mit allem 'drum und 'dran machen. Verstehst du das!"

„Ja!"

„Ich will mich, wenn es irgendwie möglich ist, daran erinnern können, wie das war... Wenn das geht! Ich will mich nicht an eine Operationslampe über mir und einen älteren Herrn im weißen Kittel und chromblitzenden Instrumenten zwischen meinen Beinen erinnern! Und du gibst im Nachbarzimmer deinen Teil in ein sterilisiertes Reagenzglas, das von einer süffisant lächelnden Sprechstundenschwester zur weiteren Verwendung abgeholt wird... Na, und so weiter!"

„Verstehe!"

Danach haben Ria und ich nie wieder über die Zeugung in vitro gesprochen.
Für mich war das von Ria damals Gesagte, aus heutiger Sicht betrachtet, ein Anhaltspunkt dafür, dass sie sich schon sehr lange mit diesem Thema beschäftigte.
Frauen, diese seltsamen Wesen...

Mit Ria einen Vertrag abzuschließen, konnte ich mir nicht vorstellen. Schriftlich, der „Vertrag anlässlich der Zeugung eines Kindes". Und notariell beglaubigt.
Nee, dass wollte ich nicht. Keinesfalls.

Was ich allerdings unbedingt mit Ria besprechen wollte und musste, war ihre Beziehung zu Hanna.
Solange wir, Ria und ich, unsere platonische Beziehung pflegten und lebten, war, zumindest größtenteils, Hanna kein Einwand anzumerken. Warum musste ein Mann immer einen besten Freund haben? Andererseits, eine Frau eine beste Freundin?
Jedoch, an manchen Tagen und anlässlich

mancher Situationen war ich mir nicht sicher, ob ich Hanna gegenüber mein Verhältnis zu Ria so auch richtig erklärt hatte...

*

Hanna klingelte um halb fünf am Nachmittag. Genau in dem Augenblick, als ich in der Küche das sprudelnde Teewasser in die Teekanne goss.

„Moment!", rief ich aus der Küche.

Nachdem ich die Tür geöffnet hatte, drückte Hanna mir eine Tüte in die Hand und fiel mir um den Hals.

„Ich war noch Kuchen holen!"

„Und ich habe Tee gekocht!"
Diese heftige und leidenschaftliche Begrüßung hatte ich nicht erwartet.

„Ich hab' mich auf dich gefreut!", sagte sie leise in mein Ohr.

„Na, dann komm' 'rein!", ich schob Hanna in den Flur und schloss die Tür.

„Schön, dass du da bist!", sagte ich und nahm Hanna die Jacke ab.

Das hatte ich durchaus ernst gemeint. Denn mir war sehr daran gelegen, mit Hanna die Ereignisse im Garten während des vergangenen

Wochenendes zu besprechen. Allerdings wusste ich nicht, wie ich das Gespräch darüber beginnen sollte. Aber eines wusste ich genau: Ich wollte nicht den Eindruck eines Lauschers hinterlassen!

Doch Hanna kam mir zuvor! Sie hatte sich in den Türrahmen zur Küche gestellt und sah mir zu, als ich unsere Teestunde weiter vorbereitete.

„Ich war gestern Abend noch einmal im Garten!", sagte sie, „Mein Bruder wohnt jetzt für einige Tage, vielleicht auch etwas länger, dort!"

„Ist das nicht ein bisschen kalt?", fragte ich und bemühte mich, meine Überraschung zu unterdrücken. Ich hatte viel erwartet, aber das am wenigsten!

„Holz ist genügend hinter'm Haus gestapelt!"

„Und warum wohnt dein Bruder jetzt im Gartenhaus?", ich hatte Geschirr und Kuchen auf ein Tablett gestellt und ging damit ins Zimmer. Hanna folgte mir und antwortete:

„Er ist zu Hause ausgezogen!"

„Aha!"

Ich wusste, nach dem Anlass für den Wohnortwechsel brauchte ich nicht zu fragen. Gesprächig, wie Hanna zuweilen war, würde sie mir das ohne Aufforderung und gleich erzählen.

Doch, wider alle Erwartungen schwieg Hanna und war dabei behilflich, Tassen und Teller auf den Tisch zu stellen. Ich sah sie an und dann fragte ich:

„Und warum?"

„Soll ich dir das wirklich erzählen?", fragte Hanna.

„Ja! Warum nicht? Geschieht in dem Gartenhaus vielleicht etwas illegales?"

„Nein! Das nicht!", antwortete Hanna und setzte sich an den Tisch.
Sie wusste, ich esse Kuchen sehr gern und deshalb hatte sie die hoffentlich genügende Menge beim Bäcker einpacken lassen. Ich musste mich nun damit abfinden, dass Hanna ein ebenso begeisterter Kuchenfreund war wie ich.
Denn noch ehe ich in meinen Sessel saß, hatte sie bereits das erste Stück auf ihrem Teller.

„Also", sagte sie, „eigentlich liebt mein Bruder seine Frau und sie ihn. Oder ist es vielleicht besser zu sagen, sie liebten sich?"

„Und wo ist das Problem?"

„Manchmal, da laufen ihr Männer vor die Füße und man findet Gefallen aneinander..."

Aha! Soll vorkommen! Und nun führen die beiden eine offene Beziehung?"

„Im Gegenteil! Mein Bruder wäre dazu nicht geeignet..."

„Wäre aber die einfachste Lösung!", sagte ich.

Darauf hatte Hanna nichts zu erwidern und langte statt dessen nach dem nächsten Stück Kuchen.

„Jedenfalls", berichtete sie weiter, „hat es meine Schwägerin es in der Tat vermocht, einen anderen Kerl ins Ehebett einzuladen..."

„Und, lass mich raten..."

„Ja!"

„Dein Bruder hat beide kopulierend erwischt? In deines Bruders Ehebett?"

„Ja! Und die beiden haben das nicht bemerkt!"

„Und?"

„Mein Bruder hat den Ledergürtel aus seinem Hosenbund gezogen und den Betthasen seiner Frau gezüchtigt..."

„Das war bestimmt schmerzhaft!", sagte ich.

„Sollte es wohl auch sein! Schließlich ist mein Bruder ungefähr so groß!", Hanna stand auf und hielt ihre flache Hand etwa zwei Kopfhöhen über ihrem Scheitel, „Und so breit! Dahinter können wir beide uns verstecken!", hanna deutete auch das mit ihren Händen an.
Und sagte dann noch als Ergänzung:

„Na eben so, wie es sich für einen Zimmermannsmeister gehört!"

„Und der Typ im Ehebett? Und deine Schwägerin?"

„Der hat schleunigst die Szene verlassen. Und zu seiner Frau, also meiner Schwägerin, sagte mein Bruder, dass er sie nie wieder anfassen würde. Und das ab sofort!"

„Irgendwann ist auch 'mal Schluss!", meinte ich und fragte Hanna:

„Und nun?"

„Dann kam Klaus, mein Bruder, zu mir und wir haben die halbe Nacht geredet. Danach habe ich ihn im Gartenhaus einquartiert..:"

„Aha!"

„Ja! Er wollte nicht zu Claudia zurück. Nur noch, um seine Sachen zu holen. Nach drei fremden Kerlen wäre nun Schluss, sagte er. Aber zu den Kindern wollte er. Jederzeit. Aber da hatte er auch so seine Zweifel..."

„Welche Zweifel?"

„Mit den Kindern, sagte er mir, ist er ja auch am überlegen, einen DNA-Test machen zu lassen. Um festzustellen, ob die von ihm sind..."

„Das muss ja 'was ziemlich Schlimmes sein!", sagte ich.

„Ist auch so. Ich hab's mit den beiden von Anfang an miterlebt. Und dann habe ich Klaus noch gefragt, ob er nach einem negativen Test die Kinder weniger lieb hätte..."

132

Ich konnte dazu nichts sagen und wollte das auch nicht.

Ich hörte Hanna noch sehr leise sagen:

„Den beiden wurde ja auch von Anfang von allen Seiten 'reingequatscht!"

„Sollte man nicht tun. Es sei denn, Gefahr ist im Verzug!"

„Ja!", Hanna sah mich an und sagte dann noch:

„Jetzt weißt du, warum ich gestern und vorgestern im Garten war!"

Nach den letzten Worten strich Hanna mit den Fingern die Kuchenkrümel auf ihrem Teller zusammen, formte daraus 'was Greifbares und aß das dann auf.

„Das sollten wir öfter machen! Ich meine, Kuchen zum Tee holen!"

„Können wir machen! Der Bäcker ist drei Häuser weiter!"

Ich stand auf und trat an das Fenster und überlegte, ob ich Hanna mit meinen Gedanken und Erkundigungen im Garten zu nahe getreten war. Ich beschloss, das für mich zu behalten.

Dann spürte ich, Hanna hatte sich hinter mich gestellt und ihren Kopf an meinen Rücken gelehnt.

„Wir müssen mehr Zeit füreinander haben!", sagte sie leise.

Ich antwortete nicht und nahm sie in den Arm. So sahen wir gemeinsam in den Abend.

Wie lange das dauerte, weiß ich nicht mehr. Jedenfalls sehr lange. Denn als Hanna meinte, sie kann heute nicht bei mir bleiben, war die Nacht über die Stadt gekommen.

Das Zimmer wurde jetzt vom flackernden Licht der Kerze im Stövchen ein wenig erleuchtet...

Hanna löste sich aus meinem Arm und bedeutete mir, jetzt gehen zu wollen und meinte:

„Das war alles 'n bisschen viel während der letzten Tage. Und nun kommt noch die Sache mit Klaus dazu!"

Hanna sah mich wortlos an und ich nahm sie noch einmal fest in meine Arme.

„Soll ich dich noch ein Stück bringen?", fragte ich.

„Ach, lass mich alleine gehen. Ist ja nicht weit!"

Ich merkte, es war Zeit nötig, um die Ereignisse der zurückliegenden Tage zu überdenken. Ich begleitete Hanna noch einige Schritte vor die Haustür und beim Abschied sagte sie mir nochmals:

„Wir brauchen mehr Zeit füreinander!"

Dann ging sie in die Nacht und ich zurück in meine Wohnung, in der noch immer die Kerze im Stövchen flatterte.

11

Über Hannas Besuch, für mich sehr überraschend, hatte ich mich gefreut. Auch darüber, dass sie mir darüber berichtete, was am Wochenende geschehen war.

Ich wollte jetzt allein sein. Meinen Gedanken folgen und eventuelle Folgen bedenken und abwägen.

Das Eine gegen das Andere.

Auch hatte ich in dieser Woche offizielle Termine wahrzunehmen und zudem Arbeiten abzugeben. Doch darüber werde ich nur sehr sparsam berichten.

Irgendwann, so hatte ich ebenfalls beschlossen, würde ich Hanna bitten, mich mit ihrem Bruder bekannt zu machen.

Und außerdem meinte ich, Hannas Besuch am Nachmittag hatte vieles bereinigt und in Ordnung gebracht.

Andererseits meinte ich, Teil der Probleme von Hanna und auch von Ria zu sein. Jedoch, die Angelegenheit mit Hannas Bruder, wusste ich bei ihr in sicheren und tatkräftigen Händen.

Und so wollte sich in mir wider alle vorherigen Überlegungen die Meinung manifestieren, Hanna stehe weitaus sicherer und fester im Leben als Ria.

Jedoch weigerte ich mich, jetzt, am Montagabend, weiter mit diesen Gedanken zu beschäftigen. Was nicht bedeutete, ich schloss sie aus.

Aber zunächst musste ich zur Ruhe kommen, um die Dinge zu überdenken.

Als ich Zimmer und Küche aufgeräumt hatte, machte ich etwas, was ich nur sehr selten tat: Ich schaltete den Fernseher ein. Und mir war es durchaus bewusst, es geschah nur zur Ablenkung...

Ich öffnete eine Flasche Wein und auch jetzt wusste ich, nur wenn die leer war, würde ich ins Bett gehen. Manchmal musste das sein, um in den Schlaf zu kommen. Wenn auch unvernünftig...

Meine Gedanken führten mich an diesem Abend zu keinem Ergebnis. Anderes hatte ich auch nicht erwartet. Weil noch zu viele Überlegungen in der Schwebe waren.

Auch an den folgenden Tagen sah ich den Grund, auf dem sich die noch immer schwebenden Partikel, Bestandteile der zu klärenden Angelegenheiten, noch nicht abgesetzt hatten. Bis auf wenige und vereinzelte Teilchen. Aber die ließen einen Zusammenhang der Ereignisse nicht erkennen...

Ich ging weiter meinen täglichen Aufgaben nach und wurde, erstaunlicherweise, ruhiger.

Ruhe und damit verbunden, Besonnenheit, ist eine der Voraussetzungen, um Lösungen und Auswege zu finden.

Ich bemerkte, mich berührte das, was Hanna mir von ihrem Bruder berichtet hatte. Obwohl ich den Mann und seine Familie nicht kannte. Und ebenso würde ich möglicherweise nicht berührt sein vom Ausgang dieser Zwistigkeiten. Vielleicht allerdings derart, dass Hanna viel Zeit für ihren Bruder benötigte.

Ebenso war ich bei Ria nur Zaungast. Zwar hatte sie die Bitte geäußert, ich möge der Vater ihres Kindes werden. Doch, musste ich das auch?

Als ich diese Erkenntnisse in Gedanken formulierte, war es Donnerstag und ich hatte bereits sehr genaue Vorstellungen darüber, wie das Wochenende gestaltet würde.

Ich wollte am Sonnabend, so gegen eins, zum Mittagessen bei mir einladen. Sowohl Hanna und ihren Bruder als auch Ria.

Zunächst hatte ich einige Zweifel, ob es mir

gelingen könnte, vier Leute an einen Tisch zu bringen.

Ria als auch Hanna sagten zu und fanden das eine gute Idee, weil man sich bei der Gelegenheit auch miteinander bekannt machen könnte.

„Das war ohnehin schon seit längerer Zeit geplant!", meinten Ria und Hanna beinahe wortgleich.

Ebenso, dass ich ihren Bruder kennen lernen konnte, sagte Hanna.

Zwar meinte Ria, man könnte auch am Abend zusammen sitzen. Doch ich bestand auf Sonnabendmittag um eins bei mir.

*

Ich lebte die meiste Zeit allein in meiner Wohnung. Jedoch, ich begrüßte gern Gäste. Freunde, Bekannte.
Ria sowieso und seit einiger Zeit auch Hanna.

Und, im Gegensatz zu anderen Leuten, die allein oder die meiste Zeit allein leben, verfügte ich über einen gut sortierten Kühlschrank und ebenso auch Vorratskammer. Ebenso war ein Gefrierschrank und eine umfangreich eingerichtete Küche Bestandteil meiner Wohnung.

Meine Leidenschaft für gutes und bekömmliches Essen war dann auch der Grund dafür, dass ich gern kochte. Vorzugsweise für meine Gäste und Besucher.

Die zunehmenden Kenntnisse über die in vielen Speisen und Getränken enthaltenen Mittel und Mittelchen ließen in mir eine Abneigung gegenüber vorgekochten oder vorgegarten oder vorgefertigten Essen ständig zunehmen.

Es war für mich selbstverständlich, vom Fleischer ein gutes Stück Fleisch zu holen und auf dem Markt Gemüse und Kartoffeln zu kaufen. Und dann in meiner Küche damit zu arbeiten...

Das war mir unendlich angenehmer als irgendwas zusammen gerührtes aus der Büchse oder eingeschweißt in Plastikverpackungen, aus denen die Weichmacher lächeln und Aluminiumfolie keine guten Dienste leistet, zu essen.

Nun hatte ich für Sonnabend, ein Uhr, Mittagsgäste eingeladen. Deshalb kochte ich aus einigen Mark- und Fleischknochen und einem größeren Stück Rindfleisch eine Brühe. Einer meiner Gäste war Hannas Bruder. Und der war, wir wissen das, Zimmermannsmeister auf einer Baustelle.

Deshalb war das Fleisch im Topf besonders groß.

In der Brühe garte ich frisches Gemüse vom Markt, sündhaft teuer und weil's noch Winter war, aus Südfrankreich herbei geschafft.

Vor dem Abschmecken mit wenig Gewürzen stellte ich den leichten Weißwein in den Kühlschrank.b

Ich bereitete den Tisch vor und hörte Ria die Treppe emporsteigen. Sie hatte eine für sie typische Schrittfolge. Die war nicht zu beschreiben und noch weniger nachzuahmen. Nun würde Ria im nächsten Moment klingeln.

Ich ging zur Tür und öffnete genau, als Ria die letzte Stufe herauf schritt.

„Bin ich die erste?", fragte sie und umarmte mich lange und liebevoll.

„Die wollte ich auch sein. Dich noch etwas, wenn vielleicht auch nur einige Minuten, allein für mich haben!", erklärte mir Ria ihr frühes Erscheinen.

„Wie war deine Woche?", fragte ich.

„Gut. Und bei dir?"

„Es ging. Viel zu tun. Würden Sie hier noch 'was schreiben? Und den Beitrag wollen wir noch in dieser Woche haben! Na, so wie immer!", antwortete ich wahrheitsgemäß.

Ria und ich standen am Fenster und blickten

über die Stadt. In der vergangenen Nacht war ein wenig Schnee gefallen. Jetzt sahen die Hausdächer wie mit Schnee bestreut aus.

„Ob wir noch viel Schnee bekommen werden?", fragte Ria.

Doch ich konnte diese Frage nicht beantworten und deshalb antwortete ich nicht und sagte statt dessen:

„Bald wir der Regen beginnen und dann kommt hoffentlich der Sommer!"

„Ja! Wird wieder Zeit für warme Tage! Dann fahren wir an's Meer!", sagte Ria.

„Du und ich? Und was sage ich Hanna?"

„Ist es noch...?", ich fiel Ria in's Wort und sagte nur:

„Ja!"

Dann ging ich in die Küche und Ria blieb allein am Fenster stehen und blickte hinaus. Und als ich sie, immer 'mal wieder, beobachtete, hatte ich den Eindruck, Ria wollte eine andere Antwort hören.

Aber die konnte ich ihr nicht geben...

Und länger wollte ich darüber nicht nachdenken. Auch, weil gleich Hanna mit ihrem Bruder kommen würde.

Ria kam zu mir und fragte:

„Kann ich dir noch behilflich sein?", begleitet

von einem strahlenden Lächeln.

Ich wusste, Ria's konnte ihre mimischen Fähigkeiten sehr gut anbringen.

Ich bat sie, noch einmal über den Tisch im Zimmer zu blicken.

„Sehr gerne!"

Dann klingelten Anna und ihr Bruder Klaus.

*

In den ersten Augenblicken einer Begegnung, so wird berichtet, entscheidet sich die weitere Qualität einer Beziehung.

Wenn das so ist, dann hatte die Beziehung zwischen Hanna und Ria keine guten Zeiten zu erwarten. Wenn dann jemals eine Beziehung zustande kommt. Zutreffender wäre es, von Begegnungen zu sprechen.

Während mehrerer Gespräche hatte ich beide, Hanna und Ria mehrmals gebeten, aufeinander zuzugehen. Obwohl niemals von mir eine direkte Aufforderung dazu ausgesprochen wurde, war ich verstanden worden und Ria meinte:

„Wie alt sind wir denn?"

Später meinte ich, die Anwesenheit von Hanna Bruder Klaus hatte einen bösartigen

Ausgang der ersten Begegnung beider Frauen verhindert.

Ich bemerkte, Hannas Bruder Klaus erfasste sofort die Situation und stellte sich in der gleichen Sekunde zwischen beide rivalisierenden Frauen. Ohne Worte und so, dass keine von beiden annehmen konnte, er würde ihr zu nahe treten wollen.

Ich bedankte mich bei Klaus ohne Worte und mit einem Blick, den er mit Grinsen erwiderte. Was war geschehen?

Als Hanna und Klaus klingelten, öffnete ich und Ria stand im Zimmer. Dann kam sie, zur Begrüßung, an meine Seite.

Das ignorierte Hanna, verweigerte wie zufällig nicht bemerkt, Ria's dargebotene Hand und hängte statt dessen, wie gewohnt, ihre Jacke an den Haken.

Dann wendete sie sich zu Ria, nickte in deren Richtung und sagte knapp „Guten Tag!".
Sie kam zu mir, begrüßte mich und sagte:

„Das ist mein großer Bruder Klaus!"
Genau in diesem Moment, wir wissen das bereits, stellte der sich zwischen Hanna und Ria.

Ria's und meine Blicke trafen sich und ich bemerkte das Blitzen in ihren Augen und wusste, hier hatte soeben eine lange Eiszeit begonnen.

Ich hatte mir diese erste Begegnung zwischen Ria und Hanna anders vorgestellt. Mir war allerdings auch bewusst, beide würden niemals Freundinnen werden.

Das hatte keiner verlangt, erwartet schon gar nicht. Aber, und das wollte ich beiden dann später sagen, so geht's auch nicht.

Selbstverständlich fand dann anschließend am Tisch kein Gespräch statt. Die sprichwörtliche Grabesstille beherrschte die Szene.

Obwohl ich versuchte, mehrmals sogar, eine Unterhaltung zu beginnen.

Schließlich erzählte Klaus mir von seiner Baustelle. Obwohl ich oft nachfragen musste, erklärte er mir, den Eindruck hatte ich, gerne seinen Job.

Und währenddessen schwiegen Hanna und Ria sich tapfer an.

Bis auf eine Ausnahme: Alle waren sich darüber einig, dass solche Veranstaltungen nicht wiederholt werden sollten Jedenfalls nicht in absehbarer Zeit.

„Obwohl, dein gutes Essen...!", wie Ria einige Male zweifelnd äußerte.

Ich wettete mit mir selbst, wer nach dem Essen zuerst gehen würde. Und es war für mich zwar enttäuschend, aber nicht unerwartet, dass Hanna und ihr Bruder Klaus beinahe gleichzeitig und zuerst verkündeten, sich verabschieden zu wollen.

„Wir möchten noch in den Garten!", sagte Hanna und ich wusste, es war nur ein herbeigeredeter Grund, um aus Ria' s Nähe zu gehen.

Ich brachte beide bis vor die Haustür und als ich dann wieder die Wohnungstür hinter mir geschlossen hatte, kam Ria mir sehr langsam entgegen und meinte:

„Das hatte ich mir anders vorgestellt!"

„Ich auch!"

Nachdem ich Kaffee zubereitet und wir dazu das Eis aus dem Kühlschrank gegessen hatten, sagte Ria:

„Ich fahre morgen zu meiner Mutter!"

„Mach das, fahr' hin!", sagte ich, „Wer weiß, wie lange sie noch bei dir ist!"

„Ich weiß! Montag habe ich frei. Dann komme ich am Abend wieder."

Und nach einigen Augenblicken sagte Ria und sah mich dabei an:

„Sie glaubt es mir nicht, dass wir nichts miteinander haben. Zumindest nichts fleischliches, wie sie sagt.

„Ist auch nicht so leicht zu verstehen! Ich habe mich auch so oft bemüht, Hanna unsere Beziehung zu erklären. Das geht danach 'ne Weile gut..."

Immer wenn Ria und ich an einem Tisch sitzen, an dem eine Couch steht, sitze ich auf diesem Möbel.
Ria stand auf, stellte sich vor mich und sagte:
„Leg dich hin!"
Sie legte sich neben mich und zog die Decke über uns.
„Mittagsruhe!", hörte ich Ria noch sagen.
Dann schlief ich ein...

*

Als ich erwachte, war es dunkel und Ria hatte sich an mich gekuschelt.
Ihre tiefen Atemzüge wurden von leisem Schnarchen begleitet.
Ich überlegte, wie spät es sein könnte und einigte mich nach einigem Überlegen und akustischer Beobachtung der Geschehnisse außerhalb meiner Wohnung auf etwa sechs Uhr.
Denn genau in diesem Moment hörte ich, wie der Rolladen beim Bäcker geschlossen wurde.
Dann hörte ich, wie Ria im Schlaf sprach und

sagte:

„Wir müssen noch das Baby machen!"

Statt einer Antwort nahm ich sie in den Arm.

Während der zurückliegenden Tage hatte ich Zeit und Gelegenheit, über Ria's Wunsch nach einem Baby nachzudenken.

Und ich bin, zumindest vorläufig und als Zwischenergebnis anzusehen, zu dem Schluss gekommen, dass ich nicht bereit war, jedenfalls nicht gegenwärtig, ihr diesen Wusch zu erfüllen.

Auf mich wartete nun die Aufgabe, Ria meine Meinung dazu zu erklären. Und das möglichst bald. Ich wollte keine weiteren Hoffnungen nähren.

So beschloss ich, spätestens Pfingsten sollte Ria meine Antwort auf ihren Babywunsch erfahren. Das wäre, so rechnete ich nach, in etwas mehr als einem Vierteljahr...

„Wie spät ist es?", Ria war wach geworden.

„Vielleicht um sechs.", sagte ich.

„Lass uns noch eine kleine Weile so beieinander liegen, bitte!"

Ich sagte nichts und blieb neben Ria ruhig liegen.

Und dabei stellte ich mir vor, wir wären nicht nur die besten platonischen Freunde der Welt...

Ob wir, Ria und ich, dann auch so ruhig am frühen Sonnabendabend nebeneinander auf einer Couch liegen würden?

Wer weiß...

Wir hätten's probieren können...

Ria hatte mich beobachtet. Wie ich im Dunkeln an die Decke blickte und dabei sehr ruhig war. Sie fragte:

„Was ist mit dir?"

„Manchmal kann es geschehen, man liegt mit offenen Augen sehr ruhig und denkt über nichts nach!", flunkerte ich ein wenig.

„Seit Heiner hatte ich keinen Mann!", sagte Ria leise.

„Und warum sagst du mir das?"

„Ich will doch eine ordentliche Frau werden. Später kann ich dann auch nicht x-beliebige Kerle abschleppen!"

„Seid ihr immer zu dir gegangen?"

„Meistens!"

„Hätte mich auch gewundert, wenn es anders gewesen wäre!"

„Warum? Ich meine, warum hast du diese Meinung?"

„Weil alles andere nicht zu dir gepasst hätte. Du legst dann fest, wann Schluss ist. Du bist der Chef im Ring..."

„Stimmt!"

„Aber auch du wirst ruhiger!", sagte ich und überlegte, warum Ria mir das eben gesagt hatte. War das der Hinweis auf einen Notstand? Doch darüber wollte ich mit ihr nicht weiter sprechen...

Auch wäre ich jetzt gern allein. Aber das konnte ich Ria nicht sagen. Wollte ich auch nicht. Das hätte die Vermutung aufkommen lassen, ich wollte sie wegschicken.

Man kann vieles denken, aber nicht alles sagen...

Ich wollte Ria nicht verletzen. Obwohl die Bitte nach vorübergehendem Alleinsein, so meinte ich, wohl kaum eine Verletzungen der Empfindungen sein konnte...

Aber heute und Ria gegenüber könnte das durchaus der Fall sein. Sie könnte sich weggestoßen und abgewiesen fühlen. Gerade jetzt, nach dieser unerfreulichen Begegnung mit Hanna.

Nicht vergessen durfte ich, Ria war allein! Ich fühlte in diesem Moment, der einzige Mensch zu sein, zu dem sie nahezu uneingeschränktes Vertrauen hatte.

Nee, jetzt 'was von alleine sein sagen, ging nicht!

Doch dann, mitten in meine Überlegungen

und mein Nachdenken fragte Ria:

„Wollen wir noch Tee trinken, bevor ich nach Hause gehe? Ich will für meine Mutter noch einige Dinge zusammen suchen...“

„Gerne!“

Ob Ria wusste oder zumindest ahnte, wie sehr sie mir entgegenkommt? Wohl kaum. Doch das für die Fahrt zu ihrer Mutter Einiges zu bedenken war, wollte ich gerne glauben...

*

So, wie häufig, fast immer, begleitete ich Ria noch so weit, dass ich an der Straße wartend, beobachten konnte, wie sie die Haustür öffnete, sich dann noch einmal winkend von mir verabschiedete, bevor sie die Tür wieder schloss.

„Du bist mir auf keinen Fall böse, dass ich heute zu mir gehe?“, hatte Ria mich gefragt, bevor sie die wenigen Schritte zu ihrem Haus ging.

„Nein! Jeder Mensch ist auch gern 'mal allein!“, hatte ich wahrheitsgemäß geantwortet.

Ich wartete noch, bis hinter den Fenstern von Rias Wohnung die Beleuchtung angeschaltet wurde. Das war das vereinbarte Zeichen dafür, dass Ria ihr Zuhause sicher erreicht hatte.

Dann ging ich nach Hause, allerdings machte ich dabei noch einen Spaziergang durch die abendlichen Straßen der Stadt.

An dem Haus, in dem Hanna wohnte, ging ich nicht vorbei...

*

An diesem Abend habe ich auf meinen Wegen durch die Stadt ein gewisses Verständnis für Hannas Verhalten während der Begegnung mit Ria entwickelt.
Auch wenn ich dafür keine Billigung finden konnte.

Alles und Jedes sollte nicht mit der oft beanspruchten schweren Kindheit begründet werden. Auch nicht entschuldigt.
Allerdings, die Ursachen für manche spätere Entgleisung kann in den Verhältnissen während der Kindheit gefunden werden...

Die familiären Verhältnisse während Hanna's Kindheit waren nicht sehr glücklich. Zumindest nicht immer und an jedem Tag.

Vielleicht ist das auch eine Ursache für ihre frühe Heirat, kaum dem Kinderzimmer entwachsen. Diese Beziehung endete, wir wissen das, nach wenigen Jahren...

Hanna's Bruder Klaus, er war, so wollte ich glauben, die oft zitierte Seele von Mensch, hatte bekanntermaßen beim Zusammenleben mit seiner Frau ebenfalls Probleme.

Und, so war es möglicherweise Hanna's Meinung, in die Beziehung zwischen ihr und mir trat nun in mehr oder weniger regelmäßigen Abständen diese Frau, Ria.

Vielleicht hatte Hanna die Meinung, Ria hätte sich spätestens dann, als unsere Beziehung sich manifestierte, zurückziehen müssen.

Ich hatte jedoch weder mit Hanna noch mit Ria darüber gesprochen. War das mein Fehler?

Statt dessen wird Hanna immer 'mal wieder erklärt, keine Sorgen, alles nur platonisch, was die beiden zusammenhält. Und Konkurrenzgefahr ist nicht im Verzuge.

Was der Wahrheit entspricht. Ria und ich hatten noch nie Sex miteinander. Und 'rumgeknutscht haben wir auch nicht. Nicht 'mal beschwipst nach Feiern oder Sommerfesten.

Man konnte Hanna nicht zwingen, dieser Meinung zu folgen. Auch dann nicht, wenn sie es jeden Tag hörte. Sie glaubte, so wollte es scheinen, weder Ria noch mir.

Und so war, wenn auch nicht gut zu finden, ihr Ria gegenüber abweisendes Verhalten an diesem Sonnabend eine mehr als deutliche Reaktion. Hanna wollte damit sagen:

„Hau endlich ab! Du hast hier nichts mehr zu suchen!"

Nun ist Ria aber nicht diejenige Frau, die ein Feld kampflos verlässt. Das hatte Hanna nicht gewusst.

Und die grande dame zu geben, die über den Dingen steht und meint, dann soll er eben mit ihr platonisch sein, entspricht nicht Hanna's Charakter.

Womit wieder der Anfang der Betrachtungen erreicht war und ich vor meiner Wohnungstür stand.

Ich rief bei Hanna an und fragte danach, ob sie mit ihrem Bruder gut nach Hause gekommen war.

„Ja! Selbstverständlich! Wer, meinst du, sollte mir in Klaus' Begleitung etwas antun?"

„Da hast du recht! Niemand!"

„Klaus", sagte Hanna, wird vorübergehend bei mir wohnen. Seine Frau hat mitteilen lassen, dass er die Kinder jederzeit besuchen kann. Aber darüber hinaus ist in der Wohnung für ihn kein Platz!"

12

Ich musste mir eingestehen, der Versuch, Hanna und Ria miteinander näher zu bringen, war zunächst misslungen.

Ob mein Vorhaben auch gescheitert war, wollte ich noch nicht festlegen. Zumindest noch nicht zu gegenwärtigen Zeitpunkt.

Und wie dann später, das Gelingen eines erneuten Versöhnungsversuchs vorausgesetzt, Bekanntschaft herzustellen war, eine gewisse Nähe zwischen Ria und Hanna zu schaffen, blieb ungewiss.

Ich spürte, zunächst sollte über den misslungenen Sonnabend Gras wachsen. Auch musste ich mich dafür einsetzen und aufpassen, dass es nicht wieder und wieder abgefressen wurde. Egal, von wem und ebenso, warum.

Deshalb war es besser, weitere Begegnungen zwischen Ria und Hanna zunächst auszuschließen.

Allerdings wollte ich mit beiden über den gegenwärtigen status quo sprechen.

Wann das geschehen würde, konnte ich an diesem Tag noch nicht bestimmen.

Solange meine Zweifel am Erfolg dieses erneuten Versuchs nicht endgültig ausgeräumt waren, wollte ich damit nicht beginnen. Unsicherheit kann spürbar sein.

Auch wollte ich mich nicht in weitere Eventualitäten begeben und meinte deshalb, es wäre besser, jedenfalls zum gegenwärtigen Zeitpunkt, die verfahrene Situation auf sich beruhen zu lassen.

*

Ich hatte mehrfach angedeutet, dass ich einige Tage allein sein wollte.

Auch deshalb, weil meine Arbeit während der nächsten Tage Engagement erforderte. Jedenfalls mehr als an anderen Zeiten.

Hanna hatte den Besuch ihres Bruders und damit auch seine Probleme zu Gast.

Und Ria wollte zu ihrer Mutter fahren. Meine Erfahrung lehrte mich, am Montagabend würde sie nicht wieder zu Hause sein. Einen oder zwei weitere Tage würde sie noch wegbleiben.

Das konnte sie mit ihrer Arbeit in Einklang bringen. Weil sie vereinbart hatte, eine bestimmte Zeit in jeder Woche zu Hause arbeiten zu können. Zudem frei wählbar.

Am Montagmittag rief mich Ria an und teilte mit, sie würde erst am Dienstag, „...wohl am frühen Abend..." wieder in der Stadt sein. Anderes hatte ich nicht erwartet.

„Nur, das du weißt, wo ich bin!", sagte Ria, „Und nicht noch Suchtrupps in Marsch setzt!"

„Ist alles in Ordnung?", fragte ich und Ria antwortete:

„Es geht so!"

„Danke, dass du mich angerufen hast!"

„Mache ich doch immer!"

Und damit hatte Ria recht. Es gab eine Verabredung zwischen uns: Jeder konnte machen und tun und lassen, was er wollte. Ohne dem anderen darüber Rechenschaft abzulegen. Außer, er berichtete ohne Aufforderung.

Dann aber, wenn abzusehen war, dass Termine und Vereinbarungen nicht eingehalten werden konnten, war der andere frühestmöglich zu informieren. Das hatte sich bewährt und war sowohl für Ria als auch für mich zur Selbstverständlichkeit geworden.

Außer damals, als sie mit Heiner zusammen war. Aber darüber sprach Ria nicht oder nur sehr wenig. War wohl wirklich nicht ihre beste Zeit. Die Zeit mit Heiner.

Eine gleiche oder zumindest ähnliche Absprache konnte ich auch mit Hanna vereinbaren. Allerdings hatten wir bisher nur sehr wenige Gelegenheiten, das einzuhalten. Aber, und das sei der Vollständigkeit wegen genannt, so war es besprochen.

Dann meldete Ria sich am Dienstagabend. Es war bereits nach acht und eben hätte sie die Tür hinter sich geschlossen. Ria war, so meinte ich müde und hatte wohl keine guten Stunden mit und bei ihrer Mutter erlebt.
Ich wusste, sie würde mir über den Besuch bei ihrer Mutter sehr genau und ausführlich berichten.
Dann schickte ich sie in's Bett und wünschte ihr eine gute Nacht.

Ich öffnete eine Flasche mit rotem Wein, etwas preiswerter und vom Discounter, und meinte, mit seiner Hilfe und Unterstützung bald die erhoffte Müdigkeit zu erlangen.
Das geschah dann auch und lange vor der gewohnten Zeit ging ich in mein Bett und schlief bald danach ein.
Ohne das ich, so wie in manchen anderen Nächten, nach einem kurzen Tiefschlaf lange wach lag.

Dennoch fühlte ich mich am anderen Morgen

müde und zerknautscht.

Wohl auch deshalb, weil ich in der Nacht diesen Traum hatte.

Eigentlich war es die Fortsetzung von vor drei oder fünf Nächten. Zudem erlebte ich den in unterschiedlich langen Sequenzen:

Ich hatte Sex mit Hanna und in einer der folgenden Nächte mit Ria. Beide wurden sofort mit Zwillingen schwanger. Und später, als die Kleinen zu uns wollten, fanden sich Hanna und Ria im gleichen Zimmer im örtlichen Entbindungsheim wieder. Dagegen protestierten beide sehr heftig, bekamen aber nur als Antwort gesagt:

„Sie werden sich wohl kaum die Augen deswegen auskratzen. Und wenn dann der Kindsvater kommt, haben sie noch Weiteres zu besprechen!"

Dieser Traum wiederholte sich auch in dieser Nacht mehrmals. Allerdings mit dem Unterschied, dass die Kinder jedes Mal eine andere Haarfarbe hatten...

Mit diesen Gedanken erwachte ich und hatte keine Lust auf den Tag...

*

Am Freitag, am späten Vormittag, rief

Hanna an und sagte:

„Ich wollte am Wochenende zu dir kommen, Klaus möchte allein sein..."

„Aber...?", fragte ich.

„Ich kann meinen Bruder nicht allein lassen. Das Ende seiner Ehe hat ihn, so meine ich, sehr getroffen. Ich habe Angst, er macht unüberlegte Dinge!"

„Schade!", sagte ich und meinte das ehrlich.

„Ja!", erwiderte Hanna, „Tut mir wirklich leid!"

„Vielleicht", meinte ich dann, „vielleicht weiß ein Arzt Rat?"

„Dahin bekomme ich ihn nicht! Auf keinen Fall. Aber ich werde mich um meinen Bruder sorgen! So, wie es Schwestern tun! Und viel, wenn Klaus es möchte, mit ihm reden!"

Hanna und ich sprachen dann noch über dies und jenes. Und ich meinte, es wäre tatsächlich besser, wenn Hanna dieses Wochenende allein mit ihrem Bruder Klaus verbringt. Und dann meinte sie noch, mich am Sonntag zum Mittagessen zu erwarten...

„Klaus und du, ihr habt euch doch gut verstanden!"

Aber ich bestand dann darauf, Hanna und ihr Bruder sollten allein bleiben.

Ich hatte kein Verlangen nach Familien- und

Trennungsgeschichten.

Auch deshalb nicht, weil ich nicht derjenige sein möchte, der sich, einem Seelsorger gleich, Probleme geduldig anhört und dann versucht, die geschundene Psyche zu beruhigen.

Was nicht bedeutete, mich interessierten meine Mitmenschen und deren Befindlichkeiten nicht.

Außerdem war ich gegenwärtig nicht in der Stimmung für solche oder ähnliche Situationen.

Möglicherweise auch deshalb, weil mich Ria's Probleme und Wünsche erheblich bewegten. Das konnte, musste aber nicht so sein.

Mich drängte es immer wieder, mit Ria über ihren Wunsch nach einem gemeinsamen Baby zu sprechen. Ich hatte mich entschieden, nicht der Vater des Kindes zu sein und es auch nicht zu werden.

*

Ria hatte während unserer langen Bekanntschaft und Freundschaft, wir wissen das, Beziehungen zu unterschiedlichen Männern.

Ob das in jedem Fall von großen und langanhaltenden Gefühlen begleitet worden war, konnte auch Ria nicht immer mit Bestimmtheit sagen.

„Oft war's wie der Sommerwind, der plötzlich über die Wiese kommt, dich umweht und dann genauso schnell wieder auf und davon ist. Und dir bleibt eine mehr oder weniger lange anhaltende Erinnerung...", hatte mir Ria 'mal gesagt, lange ist es noch nicht her, und nach einigen Augenblicken hinzu gefügt:

„Manchmal habe ich Liebe mit Liebelei verwechselt!"

„Was auch ein schönes Gefühl sein kann!", erwiderte ich damals.

Ich hegte niemals Groll gegen Rias Bekanntschaften. War nie eifersüchtig. Weil ich wusste, die für unser Leben wichtigen Dinge besprechen nur wir miteinander.

Obwohl ich mich und auch Ria, das allerdings nur manchmal, fragte, ob es nun der eine oder andere der Thekenphilosophen wirklich verdient hatte, mit ihr das Bett zu teilen.

„Och, lass mal", sagte sie daraufhin oft, „ist 'n netter Kerl!"

Was zu bedeuten hatte, mit dem hatte sie viel Spaß unter der Bettdecke. Manchmal vielleicht auch darauf. Wohl besonders im Sommer. Wer weiß...

Während schlafloser Stunden in den

vergangenen Nächten hatte ich beschlossen, mich nicht in die Reihe ehemaliger und sicher auch zukünftiger Betthasen einzuordnen.

Ich halte es für möglich, dass eine Frau ihre biologische Uhr spürt. Wann auch immer und auch egal, wie das geschehen mag.

Ich halte es für möglich, das Ticken der biologischen Uhr war ein Grund für Rias Verlangen nach einem Baby.

Aber auch, dass Ria Vorsorge dafür schaffen wollte, in späteren Jahren, gemeinhin als das „Alter" bezeichnet, nicht allein zu sein. Dann, wenn die Freunde gehen oder bereits gegangen sind und der Beginn einer nicht enden wollenden Einsamkeit eintritt.

Ebenso war es denkbar, Ria wollte mit einem Kind ihr nicht zu leugnendes freies Leben disziplinieren.

Und, davon war ich ebenso überzeugt, jede Frau und jeder Mann sollte im Leben einmal die Elternschaft erleben.

Das waren Gründe, verständliche Gründe, die ohne Zweifel Ria's Verlangen nach einem Baby erklären konnten.

Ebenso sollte es gut überlegt sein, Freunden Bitten zu verwehren.

Ich war aber dennoch nicht bereit, mit Ria ein Kind zu zeugen.
Und das wollte ich ihr sagen und darüber musste ich mit Ria sprechen.

*

In der Woche, während der ich meine Beschlüsse gefasst und nochmals überdacht hatte, näherte sich der Frühling und ließ die Natur erwachen.
Zumindest an jedem Tag für einige Stunden.
Darum wollte ich mit Ria am Wochenende einen längeren Spaziergang unternehmen.
Wir haben meistens während solcher Gänge in die Natur Probleme besprochen, Auswege gesucht und oft gefunden.
Also war uns zumindest das Gehen in freier Natur als Kulisse unserer Gespräche nicht unbekannt. Im Gegenteil! Sogar vertraut."
Am Donnerstag rief ich bei Ria an. Ich wollte sie zu dem Spaziergang einladen.
„Das hatte ich auch geplant! Nämlich mit dir den Frühling suchen. Zumindest seine Vorboten! Farbtupfer während noch immer grauer Tage!"

Wir verabredeten uns und ich meinte, es ist beinahe so, wie früher!

Am Sonnabend war zu vermuten, der Sommer hätte bereits Einzug gehalten.

Keine Wolke verdeckte die Sonne und blauer Himmel ließ die Ahnung auf wärmeres Wetter aufkommen.

Jedoch, es war Anfang März. Gestern war der meteorologische Beginn des Frühlings und bis die Sonne genau über'm Äquator stand, würden noch drei Wochen vergehen.

Ria und ich hatten uns an der Bushaltestelle am See verabredet. Um irgendwelchen ungeahnten, weil nicht geplanten, Begegnungen zwischen Ria und Hanna auszuweichen, gingen wir nicht in die Richtung des Kanals. Dort war, wir wissen das, der Garten.

Ich wollte alles das vermeiden, was den Graben zwischen Hanna und Ria vertiefen könnte. Also zunächst erst 'mal und bis auf Weiteres jede Begegnung.

Und so konnte der Beobachter an diesem ersten Sonnabend im März zwei etwa gleichgroße Menschen, einen Mann und eine Frau, dicht beieinander zum Waldrand gehen sehen.

Denn Ria hatte ihre linke Hand in die Tasche meiner Jacke gesteckt und hielt meine rechte

Hand sehr fest.

Lange sprachen wir nicht. Wir gingen stumm nebeneinander. Jeder hatte eigene Gedanken, die überlegt sein wollten.

Als uns nur noch wenige Schritte von den ersten Bäumen des Waldes trennten, sagte Ria leise, beinahe wie im Selbstgespräch:

„Hatten wir, du und ich, wirklich keine Chance für uns?"

„Hatten wir!", sagte ich ebenso leise, „Aber nicht erkannt und deshalb nicht genutzt!"

Ich war mir nicht sicher, ob das, was ich eben gesagt hatte, der Wahrheit entsprach. Aber zumindest kam es der recht nahe. Wie nahe, wusste ich nun auch nicht.

Aber die Vergangenheit konnte nicht geändert werden. Und so konnte ich Ria keine andere Antwort geben.

Wir gingen weiter. Liefen wortlos nebeneinander immer geradeaus.
Dann blieb Ria stehen und sah mich an, als sie sagte:

„Ich habe immer so sehr auf dich gewartet. Und eigentlich mache ich das noch immer!"

Das hatte ich nicht erwartet! Ich nahm Ria in den Arm und gemeinsam gingen wir weiter den Weg entlang. Und während dessen überlegte ich, ob ich vielleicht etwas übersehen oder nicht bedacht hatte. Mir ging es, verständlich allemal, sehr nahe, was Ria mir eben gesagt hatte und ich sagte leise zu ihr:

„Vielleicht waren unsere Zeichen nicht eindeutig oder zu verborgen?"

„Vielleicht!", antwortete Ria leise.

Dann umfasste sie erneut meine Hand in der Jackentasche und wir gingen weiter, bis Ria nach wenigen Schritten stehen blieb, mich ansah und fragte:

„Wollen wir gemeinsam von hier weggehen? Aus der Stadt verschwinden? Und dann irgendwo am Meer wohnen?"

„Wem oder was willst du ausweichen? Ist da etwas, das ich nicht weiß oder nicht kenne?"

„Nein! Und genau deshalb habe ich dich gefragt! Es ist nichts! Außer Kleinstadtidylle..."

„Meinst du, woanders ist die Atmosphäre weltoffener, großzügiger?"

„Wohl kaum! Spießer, Kleinbürger, Engstirnige und Schwätzer gibt's überall. Nur", Ria sah mich wieder an, „man könnte doch wieder 'mal 'was Neues beginnen!"

„Denke bitte daran, dass man dann auch wieder irgendwelchen Platzhirschen und Statthaltern in die Quere kommen könnte!", gab ich zu bedenken.

„Ja, mag sein!", Ria fasste wieder meine Hand und wir gingen weiter.

Die Stelle, an der unser Weg auf den Waldrand traf, ähnelte einem großen Tor.

Besonders zu der Zeit, während die Bäume Blätter trugen, war das sehr auffällig.

Jetzt, Anfang März, beherrschten noch grau-braune und grau-schwarze Färbungen die Natur.

Dazwischen waren die Blüten einiger Frühlingsblumen zu entdecken.

Wir gingen durch das Tor aus kahlen Ästen und Zweigen in den Wald. Ich fragte Ria:

„Willst du dein Revier hier aufgeben? Woanders ist eine andere Leitkuh!"

„Ja, ja! Ich weiß! Aber du sollst ja mitkommen. Dann brauche ich kein neues Revier!"

Ich sagte dazu nichts und fragte mich, wer Ria mit dieser Idee vom Weggehen infiziert hatte. Gab es da in der Tat nichts, was sie mir verschwieg? Das fragte ich schon und Ria hatte verneint.

Ria war mir in diesem Moment unheimlich. Und, zugegeben, fast wollte ich ihren Balz- und Lockrufen folgen. Ich hatte ebenfalls bereits mehrmals überlegt, meinen Standort zu wechseln. Das letzte Mal, als Ria die Sache mit

Heiner begann. Im letzten Sommer.

Dann bin ich wieder von meinem Vorhaben abgekommen. Wahrscheinlich hatte die beginnende Bekanntschaft zwischen Hanna und mir einen Anteil daran...

Ich hatte Ria's und meine Hand wieder in die Jackentasche geschoben. Und dann hatte Ria meine Hand erneut sehr fest gehalten.

Wieder gingen wir dicht beieinander und dabei schweigend den Waldweg entlang.

„Lass uns zur Bank gehen!", sagte Ria.

„Ja! Gerne!"

Da, wo sich im Wald zwei Wege kreuzten, stand eine Bank. Ein Gestell aus Stahl und darauf waren gehobelte und imprägnierte Bretter geschraubt.

Die Bank stand etwa zwei Meter vom Rand des Weges zurückgesetzt. So konnte jeder, der sich auf die Bank gesetzt hatte, auch seine Beine, so lang sie ihm gewachsen waren, ausstrecken.

Ria und ich hatten auf dieser Bank schon gesessen, als diese erst wenige Tage montiert gewesen war. Wir konnten damals auf dem mit Moos bewachsenen Waldboden noch die Spuren und Späne erkennen.

Bei diesem ersten Sitzen auf der Bank hatten wir uns versprochen, zu dieser Bank nicht mit anderen Leuten zu gehen. Mit keinem und niemandem.

„Und wenn du mit einer anderen Person hier vorbei kommst, dann geht ihr weiter!", ermahnte mich Ria damals.

„Du aber auch!", forderte ich dann.

„Versprochen!"

Ich hatte mich bis jetzt an diese Abmachung gehalten. Und Ria, von mir irgendwann 'mal danach gefragt, auch.

Was ich ihr ohne Zweifel glaubte.

Jetzt war der Waldweg von schweren Maschinen zerfahren und in den Spurrillen glitzerte Tauwasser.

Ria ging auf dem rechten Rand des Weges und ich auf der linken Seite.

Wir konnten sehen, der Förster hatte Bäume fällen lassen. Und die waren auf dem Weg transportiert worden.

Dann kamen wir an die Kreuzung im Wald, an der wir die Bank wussten. Doch wir wurden enttäuscht! Die Bank war abmontiert und an deren Stelle Holz aufgestapelt.

„Und nun?", fragte Ria und sah mich an.

Ich zuckte mit den Schultern und sagte:

„Vielleicht ist die Bank unter dem Holz und nicht abgebaut."

Wir setzten uns auf den Holzstapel und Ria hatte wieder ihre Hand in meine gelegt.

Ich meinte, wir hatten schon eine Ewigkeit auf dem Holzstapel gesessen, als Ria sagte:

„Ich habe wieder jemanden kennengelernt!" Weil das für Ria sehr bedeutend war und ebenso auch für mich, fragte ich nur:

„Wirklich?"

„Ja! Auf der Rückfahrt vom Besuch bei meiner Mutter."

Ich konnte in diesem Moment nur hoffen, ihre neue Bekanntschaft war diesmal und endlich dauerhaft und beständig. Ich forderte Ria auf:

„Erzähl' 'mal!"
Ria blickte mich an und meinte:

„Da gibt's nicht viel zu erzählen! Wie man sich eben im Zug so kennen lernt!"

„Hm!"

Ich meinte, Ria wollte mir lediglich mitteilen, sie hätte eine neue Bekanntschaft gemacht. Darum fragte ich nicht weiter nach Einzelheiten. Das hätte ohnehin keinen Zweck gehabt.

Vielleicht wollte sie, wenn es eine Beziehung werden sollte, alles sehr ruhig beginnen. Erst 'mal kennen lernen und abtasten. Und nicht schon nach wenigen Stunden das volle Programm, was auch immer damit gemeint war, beginnen.

Dennoch fragte ich:

„Vorhin, am Waldrand, wolltest du noch mit mir losziehen!"

„Stimmt! Das würde ich noch immer tun. Mit dir bis an's Ende der Welt segeln!", Ria blickte mich erneut an.

„Danke!", sagte ich und nahm sie wieder in den Arm.

Und dann saßen wir weiter, ohne zu sprechen, auf dem Holzstapel.

*

Ria war eingeschlafen und hatte sich an mich gelehnt. Ein wenig angekuschelt. So, als suchte sie Schutz und Nähe. Und Wärme.

Sie sprach leise, nicht zu verstehen, während sie schlief.

Ich wollte mit Ria während unseres Spaierganges über ihren Wunsch nach einem Baby sprechen. Und vor allem, dass ich als Vater dafür nicht in Frage komme.

Jedoch, weil sich nun ein neuer Mann in Ria's

Leben eingefunden hatte, war ihre Bitte nach meiner Vaterschaft nicht mehr aktuell. Jedenfalls gegenwärtig nicht. Meinte ich.

Somit brauchte ich das Gespräch darüber mit Ria nicht zu beginnen.

„Mir ist kalt!", Ria war aufgewacht und kuschelte sich noch enger an mich.

„Wollen wir weitergehen?", fragte ich.

„Ja! Gerne! Bald wird es auch dunkel werden!"

„Na, noch 'ne Weile!"

Ich war Ria beim Aufstehen behilflich, während sie leise etwas sagte, was sich wie „... alte Frau..." anhörte und dann gingen wir den zerfahrenen Waldweg zurück.

Ria ging schweigsam neben mir. Auch ich sagte nichts. Kein Wort.

Und ebenso schweigend erreichten wir den Waldrand. Wir schritten durch das Baumtor und standen danach auf dem Acker.

Ria blieb stehen und sagte:

„Es waren wieder schöne Stunden mit dir im Wald. So, wie immer. Egal, wann und wo wir spazieren waren!"

Dann nahm sie meine Hand und wir gingen weiter auf dem Weg und zur Haltestelle am See.

*

An diesem Abend wollte ich nicht bei Ria bleiben. Ich befürchtete, wir hätten uns nur angeschwiegen. Das sollte nicht sein.

Wir fuhren mit dem Bus in die Stadt und gingen dann wieder soweit, bis wir die Straße erreicht hatten, in der Ria wohnte.

„Kannst du heute allein sein?", fragte ich.

„Ungern!"

„Bitte!"

„Willst du zu Hanna?"

„Nein!"

„Kann ich dich nachher noch anrufen?"

„Ja!"

Dann wendete Ria sich von mir ab und ging einige Schritte.

Sie kam zurück, legte einen Arm um meinen Hals und sagte leise:

„Danke für den Nachmittag!"

Und ohne sich noch einmal umzudrehen, ging sie schnell zu dem Haus, in dem sie wohnte.

In diesem Moment wusste ich, wieder war eine Zeit, ein Abschnitt, ein gemeinsamer Weg zu Ende.

Epilog

Ria rief mich an diesem Abend und auch an diesem Wochenende nicht an.

Sie rief mich auch in der Woche nach unserem Spaziergang nicht an.

Meine Anrufe endeten auf der Mailbox ihres Handys.

*

Während vieler Stunden an den nächsten Tage dachte ich über unseren letzten Spaziergang nach.

Ich meinte mit einigem Abstand, bevor sie die Stadt verlässt und mich nicht an ihrem weiteren Leben teilnehmen lässt, wollte Ria mich noch einmal für sich allein haben. So, wie früher.

Zudem hatte sie wohl längst erkannt, dass ich nicht bereit war, als Vater, zumindest Erzeuger, ihres Kindes zur Verfügung zu stehen.

Dazu hatte ich zu viele Gelegenheiten ungenutzt vergehen lassen.

Gemeinsame Bekannte berichteten mir auf meine entsprechende Frage, Ria hätte die Stadt ohne sich zu verabschieden, also leise und nahezu unauffällig, am zweiten Märzwochenende verlassen.

Aus der Wohnung transportierte ein Umzugsunternehmen ihre Möbel und persönlichen Dinge nach Irgendwo.

Ebenso wurde mir, wenn auch nicht von jedem Befragten, bestätigt, dass von einem neuen Mann in Ria's Leben nichts bekannt war.

„Das hätte sie mir sofort erzählt!", meinte Hilke.

Und wenn Hilke das sagte, dann kam dem einige Bedeutung zu...

An dem Wochenende, als Ria die Stadt verließ, bereitete ich mit Hanna und Klaus den Garten am Kanal für den Sommer vor und habe von Ria's Umzug nichts bemerkt.

Ria's Frage nach einem gemeinsamen Neubeginn, vielleicht am Meer, war ein letzter Versuch, mich vielleicht doch noch für sich zu gewinnen...